紅紗燈

琦君 著

三民書局

國家圖書館出版品預行編目資料

紅紗燈／琦君著.－－三版二刷.－－臺北市：三民，2021

面；　公分.－－（品味經典/美）

ISBN 978-957-14-6434-3（平裝）

855　　　107008252

紅紗燈

作者｜琦君
封面繪圖｜蔡采穎
內文繪圖｜潘學觀

發行人｜劉振強
出版者｜三民書局股份有限公司
地址｜臺北市復興北路 386 號 (復北門市)
臺北市重慶南路一段 61 號 (重南門市)
電話｜(02)25006600
網址｜三民網路書店 https://www.sanmin.com.tw

出版日期｜初版一刷 1969 年 11 月
重印二版十一刷 2016 年 7 月
三版一刷 2018 年 6 月
三版二刷 2021 年 4 月
書籍編號｜S850190
ISBN｜978-957-14-6434-3

著作權所有，侵害必究
※ 本書如有缺頁、破損或裝訂錯誤，請寄回敝局更換。

三民書局

緣　起

經典，是經久不衰的典範之作——無畏時光漫長的淘選，始終如新，每每帶給讀者不一樣的閱讀感受。閱讀經典，可以使心靈更富足，了解過往歷史，並加深思考，從中獲取知識與能量；可以追尋自我，反覆探問，發現自己最真實的樣貌。經典之作不是孤高冷絕，它始終最為貼近人心、溫暖動人。

隨著時代更替，在歷經諸多塵世紛擾、心境跌宕後，是時候回歸經典，找尋原初的本心了。本局秉持好書共讀、經典再現的理念，精選了牟宗三、吳怡深度哲思探討的著作；薩孟武與傳統經典對話的深刻體悟作品；白萩創造文學新風貌的詩作，以及林海音、琦君溫暖美好的懷舊文章；逯耀東、許倬雲、林富士關注社會、追問過去的研讀。以全新風貌問世，作為品味經典之作的領航，讓讀者重新閱讀這些美好。期望透過對過往文化的檢視，從中追尋歷史的真實，觸及理想的淳善，最終圓融生活的感性完美。

這些作品，每一本都是值得珍藏的瑰寶——它們記錄著那個時代臺灣文化發展的軌跡，以及社會變遷的遞嬗；以文字凝結了歲月時光，留住了真淳美好。

「品味經典」邀請您一起 品 味 經 典。

|推薦序|

一代一代流傳下去

李瑞騰

1

三民書局和東大圖書公司曾出版過琦君的六本書:《琦君小品》(1966)、《紅紗燈》(1969)、《讀書與生活》(東大,1978)、《文與情》(1990)、《琦君說童年》(純文學,1981;三民,1996)、《賣牛記》(臺灣書店,1966;三民,2004);另外也出版了二本有關琦君的書:章方松《琦君的文學世界》(2004)、宇文正《永遠的童話——琦君傳》(2006)。在將近四十年間,三民一直努力經營琦君文學,這表示琦君的書在書市的流動穩定。跨世紀以來的二本傳記可互補,完整再現了琦君一生及其文學世界。

到目前為止,臺灣各大學的研究生以琦君為研究對象的學位論文,已超過三十篇;中央大學琦君研究中心辦理閱讀琦君活動,非常熱鬧;琦君故鄉溫州也不斷舉辦琦君相關活動。這種種現象，說明琦君雖辭世多年，她的人和作品都還有一定的熱度。

2

《紅紗燈》原先是在「三民文庫」裡頭，早已改版納入「三民叢刊」，現在三民將再版新印，改入「品味經典」系列，我因之而再度賞讀。《紅紗燈》寫的「是點點滴滴的生活雜感」（第一輯），「是平日讀書寫作之餘，心靈深處的些微感受與領悟」（第二輯）。相較而言，《紅紗燈》名氣大，原因是其中收入的〈髻〉、〈下雨天，真好〉、〈紅紗燈〉等，皆琦君名篇，尤其是〈髻〉，猶記得2018年初，《聯合新聞網》報導大學學測出題之事，就提到「琦君散文名作〈髻〉，透過身為大老婆的母親，和姨娘（小老婆）梳髮髻的差異，細膩描寫元配和小三的戰爭，大學學測、指考國文科入題高達七次，白話文之冠。」並引述高中老師說，〈髻〉「宛如連戲劇般精彩，學生都讀得興趣盎然，刻畫之細膩，連男生都動容，老師還可引導討論性別平等的相關議題。」這情況就好像〈毛衣〉出自《煙愁》一樣，《紅紗燈》因此也成了琦君散文集之代表著作了。

琦君這些回憶自己兒時、書寫故鄉的散文，確實寫得感人，但她也寫她自己的兒子，也寫當下訪過的金門。此外，琦君也寫帶有知識性的小品，理性和感性兼具，我們看她出入於古代典籍，徵引解說，對應著今生今世，貼切自然，合當是現代所謂學者散文了。

這書有第三輯，談寫作之靈感，談中國古代婦女與文學、韓國女作家孫素姬、糜文開伉儷及其女兒的兩本書之讀後等，視野相當寬闊。

3

《琦君說童年》，純文學版列入「純美家庭書庫」，一看即知是「寫給少年朋友讀的」（林海音序），扉頁上有「琦君自畫童年」，總計二十六篇，每篇都有「陳朝寶插圖」；三民版列入「三民叢刊」，篇名頁皆配以「琦君自畫童年」，各篇原插畫可能因版權關係，全換了，惜未標作者芳名，惟繪圖線條由柔轉剛，略增些趣味性，出版社似不再以「少年朋友」為主訴求。本來嘛，這書裡各篇散文，都深入淺出，老少咸宜。

琦君說，這本書「慰我童心三十年」，「在臺灣安定生活已三十年，而此心無時不魂牽夢縈於故鄉與童年」（〈小記童年〉）。之所以如此，全因她的童年「那段快樂得爆烈開來的好日子」，雙親、外公、姑婆、老師、玩伴，還有諸如變戲法的老人等，無不可親可敬；進一步說，好玩好看的物品，像任何會發亮光的東西（別針、戒指、項鍊、珍珠等）、自來水魔筆、花籃、不倒翁、坑姑娘（自己做的小娃娃）、小天使蠟臺等；好吃的東西（紅米飯、灰湯糯、鹹魚等）；還有素所喜愛的動物（貓、狗、蟲、小老鼠等）。美好的故鄉，快樂的童年，但時光無法倒流，故鄉回不去，難怪夢魂牽縈啊！

說童年，憶舊時人事，聊堪自我慰藉，更重要的是琦君常是撫今追昔，於是就有一些對照，總歸是惜過去的那些情，也惜後來的這些緣，著眼於一個「樂」字，故事裡頭會有一些源流敘說，也有一些啟人深思的「做人的道理」。

4

我手上的本子，《紅紗燈》是二版十一刷（2016年7月），《琦君說童年》有純文學版一九九四年五月的第十七刷，約二年後有三民版，二〇〇三年元月是四刷，十幾年來刷過多少，我沒去查，肯定非常可觀。現在出版社願意新印，一定是確信書有眾多讀者，這說明琦君的作品，必可一代一代流傳下去。

二〇一八年五月

前　言

在我的記憶中，一直懸掛著一盞古樸的紅紗燈，那是外祖父親手為我糊製的。在風雪漫天的冬夜，我的手緊緊捏在老人暖烘烘的手掌心裡，一把沉甸甸的大紙傘遮著我。我們踩著粉紅色的光暈，在厚厚的雪地裡一步步前行。雪花飄在臉上、項頸裡，卻一點不覺得冷，這一段情景歷歷如在目前。數十年的生活經歷，也似被凝縮在溫馨的燈暈裡。無論當年是哀傷或歡樂，如今都化作一份力量，使我感奮。我並不是一味沉浸在回憶中，不能忘情舊事，而是拂不去的舊事，給予我更多的信心與毅力。所以儘管「逝者如斯，不捨晝夜」，我卻不作「比如朝露，去日苦多」的嘆息。因為那盞紅紗燈，象徵著一份紮紮實實的希望，引我邁步向前。這就是我何以用「紅紗燈」作書名的理由。

這本集子的第一部分，仍是點點滴滴的生活雜感。我十分珍惜它們，是因為年光流逝，畢竟不會再回頭了。第二部分是以前受文友文漪姐之囑，為她主編的《婦友月刊》，在一年半中所寫的二十篇短文。那是我平日讀書寫作之餘，心靈深處的些微感受與領悟，提出來與朋友共討論。當時曾輯為小冊，頗得朋友的謬譽與青年讀者的愛好。現在重加增刪，改寫為十五篇，作為本書的第二輯。最後一部分則是個人的讀書心得，附為第三輯以就正於高明。

由於三民書局劉董事長的再三催促，我不得不在揮汗如雨的溽暑中，將本書整理付印，使我再有一次機會與讀者諸君作心靈的晤談，內心感到萬分的欣慰，也附帶在此致謝。

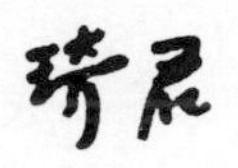

第二輯

第三輯

第　一　輯

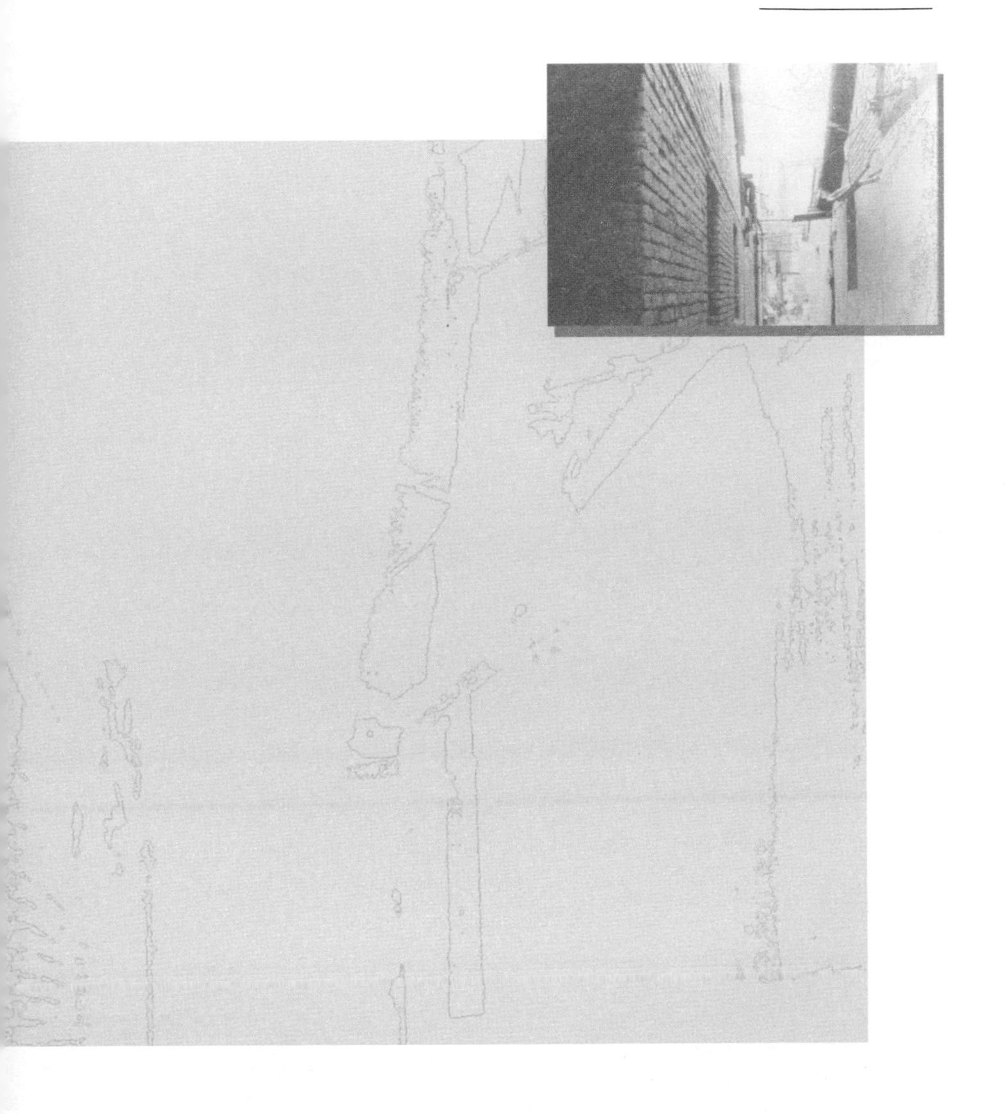

貼照片

一年又在辦公室與廚房之間送走了十五天，一年的二十四分之一，又一個永不能再回頭的二十四分之一。昨天撕下第十六張日曆時，不免有點心驚。心驚於過去一萬多個日子是怎麼給溜跑的。

最足以留下生活實錄的是日記與照片。過去在大陸，也曾斷斷續續地記過日記，記一些悲歡歲月，記一些讀書感想。前前後後也有了好幾本。來臺時因行囊簡便，就萬分珍惜地把它們鎖在書桌抽屜裡，當時總好像三五年以後就可回去重溫舊夢似的。誰想來到臺灣，把一段黃金時代都等閒過了，卻沒有寫下一篇日記。年復一年的，忙於生活，這枝筆就愈來愈不勤快了。倒是十多年來，照片卻累積了好幾大盒。除了在盒子上記一下年份外，裡面卻是顛三倒四，亂成一團。每回取出來想整理，總感到時間不夠，心情也不夠輕鬆愉快。一面又後悔如果記日記的話，記到什麼情景，就配以照片一幀以為印證。他年重讀時豈不圖文並茂，令人悠然神往？這麼一後悔，就越加無心整理了。孩子常常打開匣子，抽出一張問我：「媽媽，這是我幾歲照的？」「這是什麼地方？」我就得一張張給他說明。他又問：「我那張捧著奶瓶坐在小馬桶上的照片怎麼找不到啦？」於是他就亂翻起來。說也慚愧，我連給孩子按著他的年歲單獨貼一本照相冊的事都沒做。難道真要等他戴上了方帽子，再來貼他自己捧奶瓶的照片嗎？

其實我並不是沒有貼過照片，五十年左右，我曾貼好三大本。我最珍惜的是從大陸帶出寥寥可數的幾張舊照片，使我緬懷往事，追念先人。可是那年遷住永和鎮，大水把照相本全泡爛了。我小心地一張張撕下烘乾，裝在紙袋裡，從那以後，不知為什麼就一直無心再貼。最近，我又抽出最有紀念性的舊照片，仔仔細細地看。看我父親穿著雪白夏布長衫，一手下垂，一手捏著短短的念佛珠，莊嚴中透著洒脫。兩鬢花白的母親，穿上她嶄新的湖縐旗袍，站在盛開的牡丹花旁，一臉滿足的微笑。更有我的妹妹，她那時才一歲半，頭頂梳一根戳破天的小辮子，被孤另另地放高茶几上，張開兩手，咧開木魚嘴又哭又笑。如今她已綠葉成蔭，這張照片該使她全家莞爾而笑。有一張是我在故鄉，嵌五彩玻璃的大花廳前面，和族裡幾位長輩以及堂弟妹們合拍的。大概是過新年，每人都穿著新衣服。我那時頂多十歲，鄉裡鄉氣的大方格棉袍，笑得好開心。三個堂弟都一律背心長袍，一個個神氣十足。站在我右邊的堂妹肥頭大耳，一臉的福相。父親手臂彎裡抱著過房的小弟弟。我再一數，照片上一共八個人，竟就只我一個人到今天還活著，其餘七位都已作古了。這，真叫人不能不怵目驚心。年高的長輩們老成凋謝原無足怪，年輕的一代竟何以如此凋零？三個堂弟一個從軍殉國，一個離家出走，三十年來生死不明，一個為共匪所殺害。一臉福相的堂妹因婚姻不美滿，自縊身亡。小弟到十歲就夭折了。看了這張照片，我每次都感到無限辛酸，又覺得自己這個在家族中幾乎是碩果僅存的「寶貝」，不能不說是得天獨厚。因此，我更不能不珍惜未來有限的歲月，以期無負於老天對我一番額外的照顧了。

可是說來慚愧，我這半生就從來沒有定過什麼計畫。早年在新春開筆時，腦子裡還多多少少轉一下「一年之計」，但到年終總是兌不了現，反而精神上負了一筆債。於是一年年的，由忙忙碌碌而變得渾渾噩噩，更不敢定什麼偉大的計畫。過了中年，感慨愈多，文辭愈澀，忙完了一天的工作，就是念念古人名句，讀讀今人佳作。再有些許空閒，就是看看照片，以捕捉舊日的夢痕。

因此，我今年倒發了一個願心，要把幾盒照片，整理出來貼在相本上，在旁邊題上幾行字。莫等到老邁得記憶力都衰退了，要寫也想不起當時的情景，豈不是「廿年往事已模糊，婉轉思量涕淚悔當初」呢？

更有一樣，我的許多朋友，都已兒婚女嫁，從國外寄回一本本彩色照片，翻看時令人羨慕不已。我的兒子，今年十歲半，他答應我長大後當了蛙人，就給我寄赤身裸體，肌肉發達的照片回來，叫我高興高興。我可千萬別等到那時才開始貼照片。

貼照片，該是我今年的一年之計，還有三百四十五天，這一件小小的事兒，該可以完成吧。

五十六年一月

第一雙高跟鞋

我的右腳踝已經扭傷，三年中扭傷過兩次，如今每遇風雨陰晴，傷處便發生「氣象臺」作用，暗示我老之將至。這倒無所謂，傷心的是我再也不能常穿高跟鞋。除非是參加隆重典禮，平時我只得腳踏實地，一雙平底便鞋，才得享受健步如飛之樂。

我非常喜歡高跟鞋，覺得它可以襯托出女性嫋嫋婷婷的風姿，尤其是中年婦人，即使淡裝素服，穿上一雙玲瓏美觀的高跟鞋，就顯得她容光煥發，青春長駐。

八歲時，我眼看隔壁張家大小姐做新娘，衣櫥抽屜裡一字兒排著八雙紅紅綠綠，金光閃閃的高跟鞋，我就盼望自己快快長大，快快當新娘，而且要穿他一輩子的高跟鞋。我悄聲問母親行不行，母親笑著點頭答應我了。

那一年，阿姨從上海回來，網籃裡抖出一打以上的高跟皮鞋，排在廊前晒太陽，我偷偷把腳伸在裡面，踩蹻似的在廊前走來走去，阿姨看見了說：「你還太小，等當了中學生，我給你買一雙漂亮的高跟鞋。」於是我的夢想可以提前實現，當中學生，只要等五年就行了。

長工阿榮伯，抽著旱煙管瞇起眼睛，看我穿阿姨的高跟鞋過癮，他忽然丟下旱煙管說：「來，我給你做一雙。」

他真的就給我做了一雙，那就是我的第一雙高跟鞋。阿榮伯會編竹簍，會做地陀螺，會雕木頭菩薩，誰相信他還會做高跟鞋呢！

他在穀倉前面哈著腰忙了整半天，削出一雙木頭後跟，和廊前晒的那些一模一樣。叫我向母親要來一塊花綢，把它們包起來，底上釘上橡皮，再把它們釘在一雙嶄新的布底緞鞋上，叫我穿上試試。我套進去站起來，腳板心好疼，可是我不說，一來怕阿榮伯失望，二來為了穿高跟鞋疼也值得。所以忍著疼走來走去，還彎腰給他作個揖，他高興得哈哈大笑。

我穿了走到廚房裡，蹺起腳給母親看，母親笑出眼淚來，但是她說：「快脫下來，這怎能穿，小心扭斷了腳。」我只得把它收在人跡罕到的，四面鑲五彩玻璃的花廳裡，與小朋友們扮新娘的時候才穿。

有了高跟鞋，小朋友們都搶著當新娘，阿榮伯給我們打鼓敲鑼，一雙眼睛望著他的傑作高跟鞋格外的高興。

我們扮了好幾年新娘，去杭州時，阿榮伯把高跟鞋收在紅木榻床抽屜裡。他說：「去外處讀書，當了中學生，有真的高跟鞋穿了，這雙放在鄉下做紀念。」我拉著他粗裂的手說：「阿榮伯，你也去杭州好嗎？」他搖搖頭，我看見他滿是皺紋的臉頰上掛著淚水，但我沒有哭，因為能去杭州實在太快樂了。

在杭州考取了中學，阿姨實行了她的諾言，給我買了雙一寸跟圓頭大口有帶子的大紅高跟皮鞋，可是父親不讓我穿，說：「當學生怎麼可以穿高跟皮鞋。」我氣得一腳把它們甩出去，一隻皮鞋剛剛掉在阿姨的臉盆裡，濺了她一臉的水，阿姨也生氣了。我哭了一天，哭個半死。忽然想起阿榮伯來，寫信把氣惱統統告訴了他。阿榮伯不會寫信，他叫他念小學三年級的姪子給我寫來幾個大字：「不要哭，你回來時，我再給你釘雙大的。」

我一直等高中畢業才回家鄉。我從後門進去，老屋裡冷清清的，母親孤另另地在廚房裡忙晚餐。她一眼看見我腳上穿的是一雙漂亮的高跟皮鞋，安慰地笑了笑說：「小春，你長大了。」她眼角的皺紋寫出了她六年來的勞累。我脫下高跟皮鞋，把一雙腳板平放在矮板櫈上，一邊吃著母親給我做的棗泥鬆糕，一邊和她聊天。母親好幾次提到去世的阿榮伯就拿手背擦眼淚，我卻望著自己的大腳板出神，我不相信我長大得這麼快，我也不相信阿榮伯會趕不及看我長大。

我跑到鑲五彩玻璃的四面廳裡，拉開紅木榻床抽屜，那雙土做高跟鞋還好好兒在裡面，只是緞子顏色已舊，而且全是灰塵。我捧出它來，把灰塵撣去，伸腳一穿，卻差了一大截，太小了。

第二天來了一群女友，她們都是當年穿過那雙高跟鞋的新娘子。有的已經真的做過新娘，還抱了孩子。我們一同去阿榮伯墳上，點起香、上了供。我跪下來心中默默祝告：「阿榮伯，我回來了。我已經長大，你從前給我做的高跟鞋已經穿不進去，可是你不能再給我做一雙大一點的了。」

孩子快長大

我在燈下陪兒子做功課，一面看報，一面不時用手撫著額角。

「媽媽，你又頭痛了，給你抹點百花油好不好？」兒子抬起頭來關心地問我。

「抹百花油也沒用，戴眼鏡看書久了就會頭疼。」

「那你就別戴嘛。」

「不戴眼鏡怎麼能看書呢，媽媽老了呀。」

「媽媽你別老，等我長大了，我們一起老多好。」

他十一歲了，還說這樣天真的傻話。而他這一片孝心，和對我的依賴，叫做母親的聽了，心裡十分感動，可是看看他還這麼小，又恨不得一口氣把他吹大了，也免得我每天因他背著沉甸甸的書包過馬路而操心。

我楞楞地望著他，他正低頭振筆疾書，口中念念有詞，想起為他半夜起來換尿片，沖牛奶，到今天他上了五年級，這一段長長的時日，心中似有無限辛酸，也有無限安慰。我眼睛酸酸的，字跡在眼前模糊起來，也許是用目力太久了，就放下報紙對兒子說：「你好好寫，我去躺一下。」我剛有點朦朧思睡，他就喊了：「媽媽你快來嘛，你一走開，我算術就做不出來了。」我真想再躺一下，可是想想他要我陪總是好的。到有一天，他不要我陪了，連我在邊上都嫌礙事的時候，就該後悔在他小時候不多陪陪他了。所以就一骨落起來，走去坐在他身邊。他穿過球鞋的腳，冒著一陣陣的臭氣，直薰我的鼻子，我笑著喊孩子的爸爸說：「你也來聞聞兒子臭腳鴨子嘛。」

「我早聞過了。」他爸爸在客廳裡回答：「我在整理他的《國語日報》，你看他有多亂，《三國演義》，《楊家將》都夾在報紙堆裡，築建積木撒了一地。」

「得讓他自己整理，養成自治的習慣。」我說。

「替他理理也滿有意思的。到有一天，他的東西不讓我們碰一下，我們就悲哀了。」

看來我們兩人正是一樣的心情。

兒子睡上床，總要問一聲：「媽媽，明天的便當帶什麼？」我回答他：「你放心，一定讓你打開來聞著香噴噴的。」是真的，為他的便當，我每天得變換花樣，要吃到高中畢業呢，可千萬別讓他現在就對著便當皺眉頭。他放學回來，我第一件事就是打開他的便當看看是不是空的，是空的我就笑了。他卻說：「明天飯再少一點，因為吃不下老師要餵的，怕我們吃不飽。」老師對孩子的關懷真使我們感謝，可是便當裡帶些什麼菜卻愈加叫我費心思了。

早上為他掛上書包，三百六十天一句同樣的話就是：「剛吃飽早餐別跑，過馬路要特別小心。」他早已充耳不聞地呼嘯而去，然後我又跑到陽臺上，看他大踏步走出巷口。他一離開我的視線，我就想起他種種的可愛處，以及自己對他嚴厲的責罵，心中充滿懺悔。於是我和他爸爸坐下來一面吃早點，一面檢討。所有的兒童心理、教育原理等，說來都頭頭是道。只是見了他那副頑皮相以及讀起書來冥頑不靈的樣子，一切學理都丟諸九霄雲外。他爸爸說：「我們也不必太自責，對孩子縱使嚴了點也總是為他好。」可是我為什麼這樣牽腸掛肚的想不開，是不是因為歲數一年年大了，就變得婆婆媽媽了呢？

兒子有時會說：「我在你面前你討厭我，走開了你又想我，所以我還是多跑出去玩玩，讓你想想我。」我笑著對他說：「媽希望你快長大，那時天天在我面前，我也不討厭你了。」

前兒在朋友家看她的貼相簿，她的一對可愛的兒女由胖團團的嬰兒而小學而中學，一張張照片憨態可掬。朋友講兄妹倆的淘氣事兒：罰跪、挨打，媽媽抱著孩子一起哭，一起笑。一切情景都歷歷如在目前，而她的兒子已經在成功嶺受訓，女兒已經念大二了。一段辛苦的日子過去以後，她反而巴不得孩子們別長得太快，好在身邊多陪陪她了。

另一位朋友給我寫信說：「帶孩子就是這樣，長大了就離開了。你有個小淘氣在眼前豈不更好。誰曾真正巴望兒子將來供養自己？真正的快樂，只是撫養他時，與他相處的一段快樂時光而已。」我非常感謝她的開導，再想想我兒子說的那句傻話：「媽媽，你不要老，等我長大了，我們一起老。」

有這麼一個沒有時間觀念的兒子，我這個「中老年人」也頗足自慰了。

母親那個時代

「小春，媽媽的腳後跟好疼，真想躺下來䙊䙊才好。」

記得小時候，母親時常這樣對我說。而事實上，她別說躺下來，就連在硬綳綳的條櫈上坐一會兒都難呢！母親一雙放大的粽子腳，在廚房裡轉來轉去。二三月天，水門汀地濕漉漉還了潮，她好幾次都差點滑倒。一個燕子翻身，她連忙抱住桌角或柱子，卻轉過頭來笑罵我：「小丫頭，快出去玩，別在這兒碰來碰去的。」我就在碗櫥裡抓一塊熱騰騰的紅燒肉，塞進嘴裡就跑了。可是不一會兒又回來粘上她了。

她每天上午忙完十點鐘長工們的點心，就得忙一家人的午飯。洗完午飯吃下來的盤碗以後就得餵豬，餵雞鴨。四點鐘，當我把她燒好的點心送到田裡給長工回來時，母親已經把晚飯的菜炒得香噴噴的了。有時，她也會在灶邊坐下來喊腳後跟疼，叫我替她捏幾下。我在她面前蹲下來捏不到十下，忽然想起老師點的《孟子》還沒背熟，就一溜煙的跑了。母親氣起來罵：「懶丫頭，等你自己做了娘，就知道腳後跟疼是什麼滋味了。」

長大點進了中學，才知道有個紀念婦女運動的節日在三月八日，老師告訴我們，男女是平等的，女子也要去社會上做事，不是只鑽在廚房裡給丈夫做飯的。我回來告訴母親這個好消息。她笑笑說：「女人不在廚房裡做飯，一家子都餓肚子呀？什麼運動不運動，我在廚房裡成天兜圈子不也是運動嗎？」說得長工們都笑了。

母親是個具備三從四德的舊式婦女，她自幼承受的母教就是勤勞、節儉和容忍。自從和我父親結婚以後，她孝順地侍奉翁姑，默默中滿懷著情愛，期待丈夫的學成、為官，迎她上任所享受榮華富貴。雖然她直到花甲之年，仍未曾獲得終生期待的情愛，也未曾真正享受過榮華富貴，她卻一切都默默地承受了。她在淚光中看著我一天天長大，看我穿上短衫青裙，踏進女子中學，畢業後又進入洋裡洋氣的教會大學，她一點也沒有看不順眼。她緊鎖的眉峰展開了笑靨，她的思想隨著女兒所受的教育一天天的開明、豐富起來。她曾講過許多三貞九烈的女性傳奇故事給我聽，我也講秋瑾、南丁格爾的故事給她聽。談到婦女運動時，她總是笑嘻嘻地說：「男女固然要平等，但有許多男人們不會做的事，還是得女人來承當。你說三八是國際性的婦女節日，那麼我們中國婦女，越發應當表現我們的好德性，才顯得中國女子比外國女子更強呢！」

母親所說的好德性當然是指的勤勞、節儉和容忍。我雖然覺得母親的容忍似乎太過了點，但我卻想不出理由來反駁她。因為我深深感到自己能享受完整的家庭之愛，就是由於母親偉大的容忍。

幾十年來，中國婦女的社會地位，已與男子並駕齊驅，可是想起母親那個時代，和她對我溫柔敦厚的女性教育，卻仍覺得是亙古長新。因為母親的德性啟示我，女性人格上的獨立平等，和她們所表現的潛能，使她們的成就，絕不在男子之下。因為她們除了同樣從事於社會工作之外，還多一份相夫教子的重任呢！

三八節每年都來臨，追思舊時代，更想想生長在新時代中的幸福女性，我們應當拿什麼來紀念和慶祝這個屬於我們的節日呢？

五十七年三八節

惆悵話養貓

小時候，外公告訴我說，九個小尼姑偷吃一條魚，聽到當家尼姑在喊，心一慌，魚刺卡住了九個尼姑的喉嚨，一下子全死了，九條命合起來變成一隻貓。所以貓在晒太陽時，瞇起眼睛咕嚕咕嚕念經贖罪。我聽了心裡很難過。偏偏有一次不小心跌翻板凳壓死了一隻小花貓，因此一直感到自己該了貓咪九條命。基於一種贖罪的心情，我前後養過三隻貓，但都沒有得善終，說起來不能不怪我沒有盡到照顧的責任。算算看，三九二十七，我該的貓命竟愈來愈多，內疚也愈來愈深了。遷居樓房以後，索性放棄養貓的念頭，以免欠下更多感情的債，而自陷於萬劫不復的境地。可是想起那一段養貓的歷史，也真說來話長呢！

最初，我在垃圾堆裡抱回一隻餓得即將斷氣的醜狸貓。每天用滴管餵牠牛奶，清理牠全身的跳蚤。漸漸地，牠茁壯起來，毛色灰白相間，四隻爪子卻是純白色的。會看貓相的朋友告訴我，貓因毛色不同，有很多名稱，全身白色中帶一絲絲黑毛的叫雪裡藏針，鑲幾團黑的叫雪中送炭。背上黑、肚子白的叫烏雲蓋雪。尾巴黑，全身白中有一圓團黑的叫鞭打繡球。像我這隻四爪白的就叫踏雪尋梅。名字真雅，沒想到牠還上了譜呢。朋友又扳開牠的嘴來看，一般的貓都只七個嵌，如上了十個嵌就是名貓了，我這隻居然有八個嵌，可說不是下品。因此我就格外的鍾愛牠，給牠取名梅咪。出入相隨，吃飯時一定跳在小矮凳上，等我給牠拌魚飯。

牠性情極好，無論人在與不在，絕不偷吃，因為我餵得牠太好太飽了。晚上睡在我床邊一個小窩裡，而天亮醒來時，牠一定睡在我腳後頭了。牠已經變成十足的玩具貓。耗子從牠面前揚長而過，牠只是瞇糊眼兒望一下，照樣睡牠的覺。這樣一隻不中用的貍貓，我卻把牠當個寶。牠嬌慣到了非當天煮的新鮮魚飯不吃，非鮮牛奶不喝；客人坐在牠經常睡的沙發上，牠就在邊上虎視眈眈的叫個沒停。大家都罵牠「醜貓多作怪」，我卻寵牠那份解人意的聰明。我下班回家，交通車在巷口一停下，牠就飛奔前來迎接我。我一把抱起牠，放在肩頭，一路聽牠念經回家。

牠是隻母貓，每回生小貓，都得我蹲在牠身邊陪牠，替牠揉肚子催生。牠下的小貓隻隻都挺拔不群，左右鄰居因為牠的家教好，所以早都來定小貓了。有一次，牠一胎下了五隻。一龍二虎，三貓四鼠，五隻就成了五虎大將。據說五隻中一定有一隻虎王。虎王一聲吼，附近五里之內耗子絕跡。識辨虎王的方法是把五隻小貓放在一個篩子裡，盡力搖動篩子，不倒的那隻就是虎王。或是把小貓扔向牆壁，抓得住不跌下來的就是虎王。可是我並沒有去識別牠們。我想五隻小貓，都得由朋友選他們喜歡的抱走，剩下不要的我自己養。果然最後剩下一隻最醜的，毛色像燒透的焦炭，細細瘦瘦的像是先天不足。因為牠最忠厚，吃母奶擠不過兄弟姊妹，喝牛奶只會四腳踩在盤子裡團團轉。母貓似乎也不太疼牠。牠可憐兮兮的，我卻決心把牠留下，就給牠起名焦炭。

沒想焦炭竟愈長愈像樣，小小的耳朵聳立（貓耳朵愈小愈好），臉盤兒圓鼓鼓的，目光炯炯有神。梅花腳肥團團、光油油的。用手抱起牠來時，兩隻後腿和尾巴往上鉤得緊緊的，絕不像一般懶貓的後腳和尾巴掛下來像幾條大香腸。究竟不愧為五虎之一，「醜貓帶福相」，說不定牠就是虎王呢！有了牠，我就升格為貓祖母，對外孫女兒的疼愛更是無微不至，常常抱著牠們喁喁交談，教牠們把扔出去的紙團啣回來，母貓有點懶洋洋，小貓一躍而前的把紙團啣回放在我手心。真了不起，牠可以當狗來訓練呢！

我看書寫稿時，牠一定坐在檯燈腳邊，我的筆尖動得快，牠的小爪子也伸過來打得快；我輕輕吼牠一聲，牠馬上伏下來乖乖的了。焦炭的顏色剛剛跟檯燈座一樣，有一次，一個近視眼的朋友對著牠讚道：「啊，你這盞檯燈哪兒買的？設計真別致，這隻貓就跟活的一樣。」說時遲，那時快，伏在檯燈座上的焦炭已經一躍上了他的肩膀，他嚇了一跳，才恍然大悟。於是封我的焦炭為「神貓」，焦炭也就越發的高視闊步，睥睨一切起來了。

牠母親梅咪是一隻很文靜的母貓，身體不大強壯，時常拉稀、嘔吐，我好幾次送牠去臺大獸科醫院治療。有一次住院一星期回來，焦炭已不認得母親了。二貓相對，吼了一整天，方又為母女如初。可是好景不常，梅咪不久又拉稀，家人勸我不能因貓危害到自己的健康，真治不好只有把牠扔掉。他言猶未已，我已淚流滿面。叫我怎麼狠得起這個心來。不爭氣的梅咪，竟把稀大便拉在枕頭上，使他忍無可忍，他用匣子裝了帶到汐止鄉下，扔在稻田裡。可是他看我那幾天怏怏不樂的樣子，心裡又不忍，只得又陪我在夜晚九時搭車去汐止，沿公路邊尋遍呼喚，一聲聲悠長的呼喚，隨著夜風飄去，牠卻一去杳如黃鶴，再也不見蹤影了。我想牠一直嬌生慣養，在野地裡餐風飲露，如何經得起凍餒？牠又怎能想到我們彼此曾有如此深厚的感情，我是把牠從垃圾堆裡抱回來的，如今卻因牠有病而丟棄牠。牠一定恨我為德不卒，寧可回到垃圾堆去重過無家可歸的野貓生活，再也不回頭了。

幸得焦炭十分爭氣，牠不出去打架，也不偷吃東西。牠的善解人意，連左右鄰居都對牠讚不絕口。不久我們有了孩子，他爸爸生怕牠的爪子會抓傷孩子的臉，堅持要把牠送走。我只得狠一狠心，把牠送給女工。女工請假回家那天，想把牠帶走，卻遍尋無著。外面大雨傾盆，牠不知躲到哪兒去了。女工走後不久，牠才渾身濕淋淋地回來了。見了我理也不理，垂頭喪氣地回到窩裡躺下，中飯也不要吃。牠真有第六感，知道我要送走牠而感到很傷心吧？不到一個月，牠忽然暴斃在後院中，牠就這麼不明不白地死了。牠雖未被我真正丟棄，而我總已動過這個念頭。而且為了孩子，我也不像以前愛撫牠。照佛家的說法，也許彼此緣分已盡，牠也無所留戀了。

失去焦炭以後，我實在不忍心再養貓。哪知有一天，四歲的孩子從門口抱進一隻胖團團的小貓，牠冷得直打哆嗦。

咪嗚咪嗚叫個不停。孩子說：「咪咪找媽媽，咪咪哭了。」他的小臉蛋兒親了白貓咪，貓咪也用小舌頭舐他，兩個小東西一見如故。我覺得飼養小動物可培養孩子的愛心，就又懇求他爸爸允許養牠了。我母子二人歡天喜地的給牠取名為小痣，因為牠嘴角有一撮黑毛。小痣是公貓，才三四個月大就飛揚跋扈起來。天天在外打架，回來時渾身爛泥漿。兒子喝牛奶時每回分給牠一碟，牠還老實不客氣地把舌頭伸到兒子碗裡來。廚房裡魚肉牠也偷吃。女工討厭死牠，我卻一樣的寵牠。有一天，牠竟抓傷了我的眼睛，差點傷及瞳孔。外子一氣之下，就把牠用麻布袋一包，丟得遠遠地。那天晚上，全家都睡了，我卻去野外找牠，咪咪咪地拉著長音呼喚牠，野外只有風吹草樹的沙沙聲，不見牠的蹤影。第二天一早，沒想牠又咪嗚咪嗚一路叫著回來了。我衝丈夫勝利地一笑。他嘆一口氣說：「你這樣執迷不悟，以後就是變成獨眼龍我也不管了。」

不久我們搬了家，為了免使家庭不和，我只得借此機會捨棄了牠，拜託後來的房客照顧牠，就依依不捨地與牠分別了。搬家後的房東有一隻狗；對我來說，正是移花接木，把愛貓之心付給了狗。誰知這隻狗又忽然在一個寒冷的冬夜失蹤了。對面正是香肉店，牠的命運想來也是凶多吉少。從那以後，我發誓不再養小動物了，我支付不起這許多的感情。我相信因果循環的道理，但不知過去為三隻貓所付出的感情，是否抵得過在童年時無心殺死一隻小花貓所欠下的九條命呢？

母親的偏方

愈是各色各樣的特效藥不勝枚舉，我愈是懷念母親的偏方。我外公是地方上人人都信賴的一位醫藥顧問，因此母親也成了半個土郎中。我是母親的獨生女兒，從小多病，不說從藥罐裡長大的，至少也是從母親的偏方裡長大的。到今天，我還是常常拿母親的偏方治自己的「東痛西痛」，治外子的福爾莫斯鼻子——敏感症，治兒子的傷風隔食。倒不是為省錢，是因為那些偏方確實百無一害，而且不像退燒針那麼霸道，抗生素那麼敗胃，外科醫生動刀動剪子那種驚心動魄。那些「藥」是那麼的溫和、可口、香氣撲鼻。我服藥時心頭有一份安全感，像躺在母親的身邊，接受她細心的照護。

我早上常喊嗓子疼，「疼得小舌頭都掉下來了。」我這樣告訴母親。她就不慌不忙地用象牙筷子蘸上精鹽（那時食用都是粗鹽巴，一包精鹽還是從杭州帶來的，母親把它當人參粉似的寶貝著），在我喉頭兩個看門的小把戲（扁桃腺）上各點一點，過一會兒再用鹽湯漱漱口。不到下午，喉頭就不疼了。

「每天早餐前喝杯鹽湯，百病消除，鹽湯就是參湯。」母親說的。我家鄉喊鹽開水為鹽湯，而母親的鹽湯又與眾不同。因為她是用佛堂前供的淨水煮開了沖的。她說淨水有菩薩保祐，格外「坐火」（即消炎），喝了長命百歲。因此左鄰右舍常來向母親討淨水。尤其是二三月裡，小孩子出麻疹的季節，母親的淨水生意興隆，供不應求。我看母親把供過的一盞盞浮著香灰的淨水，倒在玻璃缸裡，過不久香灰就沉下去了。母親說淨水越陳越靈。現在想想，也許那就是天然的抗生素吧，因為它真管事嘛！

我最容易傷風咳嗽，如沒到發燒的程度，母親是不勉強給我止咳的。「咳出了氣自然會好的。你外公說，小孩子要咳點嗽，好叫肺長大些。」母親說。我現在一口氣跑四層樓還不怎麼喘大氣，也許就因為小時候已經把肺活量咳大了。假如實在咳得太久，母親就在院子裡採幾張新鮮枇杷葉，刷得乾乾淨淨的，熬湯給我喝，或是拿麥芽糖蒸蘿蔔水給我喝，我自然是愛喝甜甜的蘿蔔水咯！

如果我呆頭呆腦的不跳不鬧了，母親用自己的額角貼在我額角上試一下，知道我發燒了。（那時沒體溫計，她也用不著，一貼額角就知道燒得多高。）一定是傷風加上腸胃停食，午時茶就來了。母親的午時茶也不是藥舖裡的成藥，她是按著外公的方子配的，炒過的茶葉、米、雞蛋殼、焙焦的雞肫皮、烤過的生薑塊。五樣名堂包在一張粗草紙裡，擱在水缸邊「抽」去了火氣，然後用淨水熬給我喝。苦苦的，也香香的，喝下去蓋上被子出身汗，燒就會慢慢退去。退燒後一定是頭痛，四肢痠痛。母親再用大塊的生薑在菜子油裡煎煬了，在我太陽穴和四肢關節處揉擦，擦得我好舒服啊，就睡著了。

有時我吃飽了就在冷風地裡跳，回來又喊肚子疼。母親叫我趕緊躺下。先灌一碗熱薑湯，再炒一把鹽，或是買點硝粉，包了毛巾焐在我肚臍眼上，不到一個鐘頭就完全好了。

可是有時候我的頭痛連生薑也擦不好，外公說是頭風，母親竟用嘴對著我太陽穴和額角正中用力的啜，眉心啜成一個紅印，風就被啜出來了，頭也不痛了。慈愛偉大的母親啊，如今我時常犯偏頭痛，想起您為我啜頭風的情景，不由得淚水濕透枕邊。

冬天裡，母親給我的「代茶」是橘子皮橄欖糖茶，又香又甜，通氣健胃。夏天裡，給我的「冷飲」是綠豆蓮子心加冰糖，清涼解毒。三伏天，每天下午一定要喝一杯鮮荷葉泡的水，去暑氣的。我野得滿頭滿身的痱子，她就用苦瓜熬水給我洗澡，然後抹上綠葉散加冰片，好涼爽啊！

有一年，我腿上長了個大瘡。又痛又癢。母親用茶滷給我洗，再撒上松花粉，可是不管事，瘡口愈爛愈大了。母親生怕她的寶貝女兒破了相，忽然想起外公不輕易使用的「特效藥」，在牆角落裡挖來白色的蜘蛛窩，用紅糖捏捏，貼在瘡上，居然幾天就好了。如果現在的外科醫師拿它來化驗一下，裡面準是土黴素呢。

又有一次，頑皮的五叔被蜈蚣咬了一口，膀子腫得跟冬瓜似的。母親叫阿榮伯捉來一隻大蜘蛛，擱在他創口上，讓牠吮吸蜈蚣的毒液。這是急救治，蜈蚣和蜘蛛是犯衝的。吸過以後，創口就不太痛，再敷上麻油和的不知什麼藥就好了。

母親叫五叔趕緊把蜘蛛放在一個盛水的小碟子裡，讓牠慢慢吐出毒液，蜘蛛才不會死。母親說：「牠救了你，你不能讓牠中毒死去，這是知恩報恩。」母親就是這般慈悲為懷的一個人。

母親是如此一位全科醫生，可是父親從北平回來後，對她的土法治療大為搖頭。他認為我時常傷風咳嗽是由於扁桃腺作祟，堅持要割除。母親一聽說要動刀就心疼得流淚。父親沒法就來利誘我：「小春，我帶你去城裡割扁桃腺，城裡多好玩，我買一個會哭，會翻大眼睛，會吃奶，會撒尿的洋囡囡給你。還讓老師放你一個月假，整整一個月，你不用背《孟子》，不用習大小字，你去不去？」

「我去，我去！」我樂得直拍手，「爸爸，我們明天就去！」

我們坐爸爸自己開的小汽艇，乘風破浪的進城，好開心。可是一進醫院，看見到處都是白，聞見到處都是消毒藥水味，我就嚇得要回家。我寧願不要會吃奶撒尿的洋囡囡，我寧願由母親用象牙筷伸到我喉嚨裡點鹽巴，我不要開刀。可是離開母親，父親就兇了。像殺豬似的，我被綁在椅子上，剪下了兩顆扁桃腺。那個拿亮晃晃剪子的醫生伯伯，我直到二十歲見了他還打哆嗦，因為他實在剪得我太疼了。不知道他為何不多抹點麻醉藥。現在我左邊的扁桃腺仍常鬧敏感，難道它又長出來了？

偏方的時代是過去了，醫學昌明的今日，當然不會有人拿陳年蜘蛛網當土黴素消炎。但是，用生薑擦四肢去風邪，在我的體驗裡，比服強力傷風克舒服得多，用熱鹽或硝粉焐肚子助消化也頗為見效。尤其是鹽水漱口消炎，仍為外科大夫所採用。不信的話，你去公保或醫務室看嗓子疼，請大夫開點漱口水，他們常會搖一下筆尖又停下來說：「沖杯鹽水漱漱口吧。」

　　鹽是最消毒的，而且沒有那股子「臭藥水」的味道。

心中愛犬

我並沒有真正養過狗，卻先後丟失兩隻狗。這話怎麼講呢？原來是，第一隻狗是房東的，在一個冬天的晚上，她送我到汽車站，房東不小心把牠關在大門外，就此不見了。我擔心牠一定是進了香肉鍋，為牠難過了好多天。不久朋友送來他鄰居的狗，託我代養。對我來說，也是慰情聊勝於無。偏偏的牠又特別頑皮搗蛋，外子非常的討厭牠，就悄悄地把牠送回去了。又使我嗒然若喪了好幾天。

一個對小動物沒有興趣的人，是無法體會愛小動物的心情的。我愛貓、愛狗，甚至對過街的老鼠都不討厭。貓養過三隻，都不得善終，搬住公寓以後，便斷了養貓的念頭。至於狗呢？我是無論如何想養的。我把養狗列為退休後的重要項目之一。

我的好幾家鄰居都有狗。有的甚至一家大小數口，人各一隻。清晨，傍晚，祖孫三代，牽著在巷子裡溜，陣容非常浩大，叫我這沒狗的好不羨慕。牠們中有的是高視闊步、器宇軒昂的狼狗。主人特地為牠請一位「馴狗師」，教牠跳、坐、握手、咬人等等動作，每月敬師五百元。訓練完畢以後，大門口就得掛起「內有惡犬」的牌子，拒人於千里之外。另有一種是面目猙獰卻是心地良善的拳師狗。你可以跟牠打招呼，牠倒不盛氣凌人。更有一種是四肢短短、鼻子扁扁、專供玩樂的北京狗。聽說牠身價萬元，飲食定時定量；時常的傷風打噴嚏，得給牠打針進補，天氣稍冷就打哆嗦。這幾種狗，看來也只有富貴閒人才養得起。只有一隻名叫「哈利」的可憐巴巴的醜小狗，牠有家等於無家。因為主人並不愛牠，每天一大早就把牠關在大門外，牠在巷子裡遑遑然躑躅著。鼻子上面永遠有一塊紅斑，是牠想回家在門檻下空隙處碰的傷。比起那幾隻有主人陪著牠一起散步的狗，牠可說命運很不好。過去巷子轉角有一個鞋匠，時常拿冷菜剩飯餵牠，還替牠洗澡；牠就把鞋匠當作第二主人，每天在他腳邊相依相守，一臉的忠厚相。我走過牠身邊，拍拍牠，牠親熱地搖搖尾巴。晚上鞋匠收攤了，牠只得回到自己的家門前，主人才放牠進去，因為要牠看門。我有時招手叫牠過來，牠走到我門口，猶疑一下，還是掉頭回去了。那個家再怎麼缺少溫暖，究竟是牠自己的家，狗是不會見異思遷的。最近鞋匠搬走了，哈利失去了牠的朋友，天天坐在家門口，垂頭喪氣的樣子。狗若能言，或我能通狗語，牠一定會向我傾訴滿心的委屈吧。我不懂，不喜歡狗的人為何養著狗？養了狗又要虐待牠，這種心理是否和虐待童養媳是一樣的。記得幾年前在報上看到一篇「文章」，作者說她因朋友送她一隻名犬，乃將一隻無法治癒的癩皮狗棄之門外，任牠悲鳴多日而後失蹤。我滿心以為她為了懺悔而寫此文，沒想到結尾處是非常得意於她自己的理智的抉擇。我讀後幾乎為那隻命運悲慘的癩皮狗掉眼淚。因此在街上看到癩皮狗都格外同情。

有一次，我在車亭等車，忽然來了一隻瘦瘦小小的狗。我看牠鼻子黑黑，眼睛亮亮的好可愛，就蹲下去逗牠玩，牠友善地坐下來陪我；車子來了，我捨不得上，一連過了三輛車，我不得不上了，狗也表示要上車的樣子。乘客們還以為我的狗呢。外子說我前生一定是狗，所以今生仍帶狗性，此話我聽了最中意。我倒不想有「慧根」、「佛緣」之類的美稱。有狗性、有第六感，能與狗建立最好的友誼，我就很引以自豪了。還有半年，我就可以無「職」一身輕了，到那時，第一件事就是養一隻善解人意的狗。我不要什麼拳師狗、北京狗等的名種，只要一隻平平常常的土狗就行了。我幼年時的伴侶小花、小黃都是土狗，卻都非常聰明、忠心。我也不要給牠取什麼「拉克」、「弗蘭克」等的洋名字，我要叫牠「弟弟」或「妹妹」，視性別而定。我和我的孩子都要全心的教養牠，使牠獲得不愛狗的外子的歡心，使外子相信狗會給他帶來許多夢想不到的樂趣。比如你看報或工作時，牠會靜靜地待在你身邊。下班回來，一到家，牠會給你啣拖鞋；至於握手、起立、坐下等基本動作，都用不著花五百元請老師教，因為我有把握教得會。我曾把一隻土貓教會啣紙團到我手心來，狗是更不必說了。

人是免不了有不快樂的時候，也有寂寞的時候的。在你最最不快樂、或真正感到寂寞的時候，只有狗才是你最最好的伴侶。你不用跟牠說一句話，彼此默默相對，牠忠實的眼神望著你，就能為你分擔憂愁。

狗，多可愛的小動物，我多麼希望有這麼一個寸步不離的好朋友。可是現在我還不知道牠在哪兒。也許牠還未來到人世，也許牠已經出生了。有時我走過狗店，看看籠子裡擠在一堆的小狗，我向牠們招呼，每隻小狗都來聞我的手指尖，嗚嗚嗚地叫著，彷彿在說「收養我吧」。為了目前的環境難以兼顧，只得按捺下愛犬之心，等待那一天，佛家所說的「緣分」來到。到那一天，一定會有一隻矮矮胖胖的乖小狗，搖搖晃晃地闖進我的生活的。

髻

母親年輕的時候，一把青絲梳一條又粗又長的辮子，白天盤成了一個螺絲似的尖髻兒，高高地翹起在後腦，晚上就放下來掛在背後。我睡覺時挨著母親的肩膀，手指頭繞著她的長髮梢玩兒，雙妹牌生髮油的香氣混和著油垢味直熏我的鼻子。有點兒難聞，卻有一份母親陪伴著我的安全感，我就呼呼地睡著了。

每年的七月初七，母親才痛痛快快地洗一次頭。鄉下人的規矩，平常日子可不能洗頭。如洗了頭，髒水流到陰間，閻王要把它儲存起來，等你死以後去喝，只有七月初七洗的頭，髒水才流向東海去。所以一到七月七，家家戶戶的女人都要有一大半天披頭散髮。有的女人披著頭髮美得跟葡萄仙子一樣，有的卻像醜八怪。比如我的五叔婆吧，她既矮小又乾癟，頭髮掉了一大半，卻用墨炭畫出一個四四方方的額角，又把樹皮似的頭頂全抹黑了。洗過頭以後，墨炭全沒有了，亮著半個光禿禿的頭頂，只剩後腦勺一小撮頭髮，飄在背上，在廚房裡搖來晃去幫我母親做飯，我連看都不敢衝她看一眼。可是母親烏油油的柔髮卻像一匹緞子似的垂在肩頭，微風吹來，一綹綹的短髮不時拂著她白嫩的面頰。她瞇起眼睛，用手背攏一下，一會兒又飄過來了。她是近視眼，瞇縫眼兒的時候格外的俏麗。我心裡在想，如果爸爸在家，看見媽媽這一頭烏亮的好髮，一定會上街買一對亮晶晶的水鑽髮夾給她，要她戴上。媽媽一定是戴上了一會兒就不好意思地摘下來。那麼這一對水鑽夾子，不久就會變成我扮新娘的「頭面」了。

父親不久回來了，沒有買水鑽髮夾，卻帶回一位姨娘。她的皮膚好細好白，一頭如雲的柔髮比母親的還要烏，還要亮。兩鬢像蟬翼似的遮住一半耳朵，梳向後面，挽一個大大的橫愛司髻，像一隻大蝙蝠撲蓋著她後半個頭。她送母親一對翡翠耳環。母親只把它收在抽屜裡從來不戴，也不讓我玩，我想大概是她捨不得戴吧。

我們全家搬到杭州以後，母親不必忙廚房，而且許多時候，父親要她出來招呼客人，她那尖尖的螺絲髻兒實在不像樣，所以父親一定要她改梳一個式樣。母親就請她的朋友張伯母給她梳了個鮑魚頭。在當時，鮑魚頭是老太太梳的，母親才過三十歲，卻要打扮成老太太，姨娘看了只是抿嘴兒笑，父親就直皺眉頭。我悄悄地問她：「媽，你為什麼不也梳個橫愛司髻，戴上姨娘送你的翡翠耳環呢？」母親沉著臉說：「你媽是鄉下人，哪兒配梳那種摩登的頭，戴那講究的耳環呢？」

姨娘洗頭從不揀七月初七。一個月裡都洗好多次頭。洗完後，一個小丫頭在旁邊用一把粉紅色大羽毛扇輕輕地扇著，輕柔的髮絲飄散開來，飄得人起一股軟綿綿的感覺。父親坐在紫檀木榻床上，端著水煙筒噗噗地抽著，不時偏過頭來看她，眼神裡全是笑。姨娘抹上三花牌髮油，香風四溢，然後坐正身子，對著鏡子盤上一個油光閃亮的愛司髻，我站在邊上都看呆了。姨娘遞給我一瓶三花牌髮油，叫我拿給母親，母親卻把它高高擱在櫥背上，說：「這種新式的頭油，我聞了就泛胃。」

母親不能常常麻煩張伯母，自己梳出來的鮑魚頭緊繃繃的，跟原先的螺絲髻相差有限，別說父親，連我看了都不順眼。那時姨娘已請了個包梳頭劉嫂。劉嫂頭上插一根大紅籤子，一雙大腳鴨子，托著個又矮又胖的身體，走起路來氣喘呼呼的。她每天早上十點鐘來，給姨娘梳各式各樣的頭，什麼鳳凰髻、羽扇髻、同心髻、燕尾髻，常常換樣子，襯托著姨娘細潔的肌膚，嬝嬝婷婷的水蛇腰兒，越發引得父親笑瞇了眼。劉嫂勸母親說：「大太太，你也梳個時髦點的式樣嘛。」母親搖搖頭，響也不響，她噘起厚嘴唇走了。母親不久也由張伯母介紹了一個包梳頭陳嫂。她年紀比劉嫂大，一張黃黃的大扁臉，嘴裡兩顆閃亮的金牙老露在外面，一看就是個愛說話的女人。她一邊梳一邊嘰哩呱啦地從趙老太爺的大少奶奶，說到李參謀長的三姨太，母親像個悶葫蘆似的一句也不搭腔，我卻聽得津津有味。有時劉嫂與陳嫂一起來了，母親和姨娘就在廊前背對著背同時梳頭。只聽姨娘和劉嫂有說有笑，這邊母親只是閉目養神。陳嫂越梳越沒勁兒，不久就辭工不來了。我還清清楚楚地聽見她對劉嫂說：「這麼老古董的鄉下太太，梳什麼包梳頭呢？」我都氣哭了，可是不敢告訴母親。

從那以後，我就墊著矮凳替母親梳頭，梳那最簡單的鮑魚頭。我點起腳尖，從鏡子裡望著母親。她的臉容已不像在鄉下廚房裡忙來忙去時那麼豐潤亮麗了，她的眼睛停在鏡子裡，望著自己出神，不再是瞇縫眼兒的笑了。我手中捏著母親的頭髮，一綹綹地梳理，可是我已懂得，一把小小黃楊木梳，再也理不清母親心中的愁緒。因為在走廊的那一邊，不時飄來父親和姨娘琅琅的笑語聲。

我長大出外讀書以後，寒暑假回家，偶然給母親梳頭，頭髮捏在手心，總覺得愈來愈少。想起幼年時，每年七月初七看母親烏亮的柔髮飄在兩肩，她臉上快樂的神情，心裡不禁一陣陣酸楚。母親見我回來，愁苦的臉上卻不時展開笑容。無論如何，母女相依的時光總是最最幸福的。

在上海求學時，母親來信說她患了風濕病，手膀抬不起來，連最簡單的螺絲髻兒都盤不成樣，只好把稀稀疏疏的幾根短髮剪去了。我捧著信，坐在寄宿舍窗口淒淡的月光裡，寂寞地掉著眼淚。深秋的夜風吹來，我有點冷，披上母親為我織的軟軟的毛衣，渾身又暖和起來。可是母親老了，我卻不能隨侍在她身邊，她剪去了稀疏的短髮，又何嘗剪去滿懷的悲緒呢！

不久，姨娘因事來上海，帶來母親的照片。三年不見，母親已白髮如銀。我呆呆地凝視著照片，滿腔心事，卻無法向眼前的姨娘傾訴。她似乎很體諒我思母之情，絮絮叨叨地和我談著母親的近況。說母親心臟不太好，又有風濕病，所以體力已不大如前。我低頭默默地聽著，想想她就是使我母親一生鬱鬱不樂的人，可是我已經一點都不恨她了。因為自從父親去世以後，母親和姨娘反而成了患難相依的伴侶，母親早已不恨她了。我再仔細看看她，她穿著灰布棉袍，鬢邊戴著一朵白花，頸後垂著的再不是當年多采多姿的鳳凰髻或同心髻，而是一條簡簡單單的香蕉卷。她臉上脂粉不施，顯得十分哀戚，我對她不禁起了無限憐憫。因為她不像我母親是個自甘淡泊的女性，她隨著父親享受了近二十年的富貴榮華，一朝失去了依傍，她的空虛落寞之感，將更甚於我母親吧。

來臺灣以後，姨娘已成了我唯一的親人，我們住在一起有好幾年。在日式房屋的長廊裡，我看她坐在玻璃窗邊梳頭。她不時用拳頭捶著肩膀說：「手痠得很，真是老了。」老了，她也老了。當年如雲的青絲，如今也漸漸落去，只剩了一小把，且已夾有絲絲白髮。想起在杭州時，她和母親背對著背梳頭，彼此不交一語的仇視日子，轉眼都成過去。人世間，什麼是愛，什麼是恨呢？母親已去世多年，垂垂老去的姨娘，亦終歸走向同一個渺茫不可知的方向，她現在的光陰，比誰都寂寞啊。

我怔怔地望著她，想起她美麗的橫愛司髻，我說：「讓我來替你梳個新的式樣吧。」她愀然一笑說：「我還要那樣時髦幹什麼，那是你們年輕人的事了。」

我能長久年輕嗎？她說這話，一轉眼又是十多年了，我也早已不年輕了。對於人世的愛、憎、貪、癡，已木然無動於衷。母親去我日遠，姨娘的骨灰也已寄存在寂寞的寺院中。這個世界，究竟有什麼是永久的，又有什麼是值得認真的呢？

山中小住

臺大溪頭實驗林區

早聽說臺灣大學在南投縣竹山鎮經營的實驗林，風景幽美，氣候陰涼，是一個避暑勝地。我們一直心嚮往之。最近才由何凡先生和那邊的辦事處聯絡好，利用一個週末，前往一遊。我們原定是四對八位，但到成行時卻只剩下何凡夫婦和我們共四個人。可見想偷得浮生半日閒，也真不是件容易的事。

我們抖落一身都市的塵灰，一跨上有冷氣的觀光號，心理上就涼爽多了。在臺中下了車，吃過中飯，就由辦事處派來一輛旅行車接我們上山。(臺中至竹山有公路班車可搭，自竹山至鹿谷鄉的溪頭林區每天有十一班車，票價每人七元，非常方便。因此每逢週末，遊人甚多。）溪頭林區海拔一千二百公尺，車子沿著山道蜿蜒而上，兩旁都是矗立的樹木，有杉木、楊木、相思木，也有濃密的竹林，車子在蒼翠的幽徑中馳行，太陽被遮沒了，山風習習，愈高愈涼。來接我們的一位蔡先生指著一處被雲霧遮住的山頭說:「那就是林區招待所，你們今晚就住在那兒。」我仰望飄浮的雲腳下蓊鬱的樹林，感到說不出的輕鬆愉快。記得十多年前曾遊過一次太平山，在山中住過三夜，可是那是冬天，山上氣候嚴寒。現在是暑氣未消的仲夏，在臺北揮汗如雨，能來此地乞得片刻清涼都是好的，何況還可以舒舒服服地住一晚呢。

林區招待所的小木屋，首先就吸引了我。它真像西部片裡的 cottage，前面伸出一排小小的平臺，圍著木欄杆。在杉樹林中顯得格外玲瓏可愛。我們被招待坐在木屋舒適的會客室裡，這是招待貴賓的小屋。沙發、地毯、席夢思床、吊燈，一應俱全。小小的房子，還分上下二層，我們能住此處，完全是何凡先生事前聯絡之功。

凍頂青茶

然後，一杯清香撲鼻的烏龍茶捧在手裡，話題就引起來了。

主人介紹烏龍茶是臺灣的名茶，而鹿谷鄉凍頂的烏龍茶才是真正的名貴。因為凍頂顧名思義就是山頂上最寒冷之處。那兒長年被濃霧籠罩著，隆冬與早春還有霜雪。茶葉是愈冷愈潮濕就愈嫩愈香。一年四季中，春茶最名貴，而早春清明前採的或穀雨前採摘的「明前」、「雨前」茶尤為清香雋永。我是個不懂品茗的俗客，但這次也聞到烏龍的清香，一飲而盡了。這使我想起故鄉杭州的龍井茶和虎跑泉。遊客們於跑完一段山路之後，坐在濃蔭覆蓋的石階上，端起一杯香茗，慢慢品嚐，其樂可知。我家書齋前有一株臘梅，每逢隆冬降雪，雪花沉甸甸地壓著臘梅花枝，父親就撮下花心中的積雪，在灰火上煨開了，在宜興陶瓷壺中沖上雨前茶，在暖烘烘的屋子裡品茗吟詩賞雪，這些情景好像猶在眼前。

福利餐廳

副主任江先生帶我們參觀了各處，一幢單獨的樓房是前來實習的學生居住的。每人每天十二元，簡便舒適。另又新蓋了一座新式的福利餐廳，樓上客房，樓下廳室。客房有設備完美的套間，每間二百七十元，半套間、單人間、合住間等，價錢遞減。餐廳下還有地下層，將作閱報或藝遊室，正在裝修中。這是因為來林區的遊客逐漸增加，林區是一個學術研究機構，無暇應接，所以另建一餐廳與由林區接待的賓客分開。所以遊客們只要有興致上山遊玩參觀，與林區沒有關係，不能住十二元一天的招待所的，都可以住在福利餐廳的樓上。二百餘元一晚的住宿費，包括山中的天然冷氣，與幽美的風景，比起大都市的觀光飯店來，還是合算的。如果能抓住靈感，寫上萬把字的稿子，也就等於免費遊山探勝一趟了。

福利社的地板傢俱，都是他們自己工廠用相思木製的，相思木質地較鬆，容易變形，故不能利用在建築上，現在他們將相思木加工，乾燥，使其質地堅硬，可以利用。但加工成本太高，所以試驗雖已成功，而未能普遍推廣。

我們的口福不淺，那晚上正逢福利餐廳新包的廚子試菜。我們乃以貴賓身分被邀品評，於是我們開懷暢酌，每道菜色香味俱佳。加上新碗碟，新臺布，一片欣欣向榮的新氣象。難怪海音吃完以後，回到小木屋裡就說：「我已經餓了，怎麼就像老吃不飽的樣子？」我想一定是這兒的空氣清新，心情愉快，因此胃口大開，餓得特別快吧。

山中的夜

傍晚的山中，涼意襲人，天然的涼絕非冷氣所可比擬，我真想一捧滿懷的「清涼」回家。驅走臺北的殘暑，讓我好好的讀書工作。但那既是不可能的，就只好站在陽臺上深深地呼吸，哪怕是樹林中晚上吐出的碳酸氣，也比市區的煤煙好得多。

山中的夜靜得給人一種空洞的感覺。高樹的晚蟬，已停止了歌唱。唧唧的蟲聲，懶洋洋的此起彼落。蒼空好似縮得很小，只籠罩著我們這幢小屋，星星就掛在杉樹和相思木的梢頭，空氣中透著一般涼森森的潮濕。紗窗外鬱沉沉一片，屋子裡燈光明亮。我身子陷在軟綿綿的沙發中，享受著這份靜謐與安全。臺北寓所四面八方的噪音已離得我很遠很遠了。我們現在是在另一個天地裡，我但願時間會為我們停頓，這美好的一夜，永不要過去。回頭看紗窗外，竟密密地停滿了飛蛾。山中的飛蛾，仍不甘寞，不撲向林中明月，卻只想闖進繁華世界。我們卻躲到此地來享受片刻寧靜，把屋子裡亮起燈來，捉弄飛蛾。夜畢竟是短暫的，因蚊子的困擾，我未能熟睡，朦朧中星星隱沒了，紅日冉冉上升。我起身走到陽臺上，清新而微帶潮濕的空氣撲面而來，我依在木欄杆上，癡癡地凝望著滿山蒼翠，只是想不出方法，如何留駐夢一般的良晨美景。

森林中

大清早，由林區主任陳先生自己開車陪我們參觀，車子緩緩開行在不大平坦的林道上，他一面指點著遠近左右的林木，告訴我們分辨杉木、檜木、柳杉、櫸木、相思木。而這些高聳雲霄的樹木都是三十年以上的人造林，遠遠望去，卻像一片碧綠的草坪。略近些看出一排排，一批批整齊得像用梳子梳過似的。它們要接受陽光，所以一味的向上伸展。樹幹筆直，樹頂枝葉繁茂，有的被松鼠啃了一圈樹皮，營養不能輸送，枝葉就枯黃了。所以松鼠對於森林來說是害蟲。林區曾鼓勵山區居民捕松鼠，捕得松鼠，獻一根尾巴付以代價若干，因此森林中的松鼠，也慘遭厄運，不能自由自在地在林間跳躍嬉戲。人類拿實利的眼光把大自然的一切，都分成利與不利，凡不利於我的，都將加以撲滅，這固然也是相生相剋的自然律，但在一個愛動物愛自然的人眼中看來，就覺得太殘忍了。

孟宗竹也是溪頭特產之一，相傳是三國時孝子孟宗因母親嗜筍，但冬天沒有筍，孟宗守著竹子哭泣，至誠所感，泥土中忽然爆出筍來。所以這種竹子一年有兩次出筍，春季的筍只長竹子，不能吃，冬季的只供吃不能長成竹子。孟宗的故事，見於二十四孝，若是因有此竹而編這個美好的倫理故事，提倡孝道的先賢們，真是善體人意的心理學家。

神　木

給我印象最深刻的就是那株二千八百年的神木，那是一株紅檜木。直徑五．三四公尺，老幹伸張，有一處枒槎裡還長出一株寄生木來，那是山頂樹木的花粉飄來，在大樹縫中承受了營養而逐漸長大的。看去就像是一位龍鍾的老祖母，摟抱著一個舞手舞腳的孫兒，迎風展開慈愛的笑容。老樹皮就像她滿臉的縐紋。樹木無知，亦能上體造物的深意，平分雨露，人類又當如何擴充老老幼幼的愛心呢。

樹幹的當中自根至頂都是空的，真可說得是大君子虛懷若谷。走進樹穴中，可以舉首直望蒼穹，煞是有趣。我用手觸摸堅硬的樹幹，看去就像沒有絲毫生機。可是它是活的，它似斷還連的樹皮，自地下輸送營養到樹頂。而樹頂的新枝，接受雨露陽光，輸送營養給樹幹。它老成穩健地兀立著，不為風雷所驚，不為寒暑所摧。二千八百年間，人類由草昧未開而進入太空時代。多少離亂興衰，多少滄桑變故，而樹卻是默默地冷眼旁觀，喜怒不形於色。算算我們數十年寒暑，比起二千八百年來是多麼渺小。但二千八百年比起宇宙的無始無終，卻又是一瞬之間。一時間我覺得時間停頓不進行了，李太白對月亮而嘆「今人不見古時月，今月曾經照古人」。我對著這株神木，心靈亦不由得穿越了時空的界限，數千年有如一日了。

苗　圃

與神木成強烈對比的是苗圃。那一排排人工栽植的各種樹木的幼苗，細嫩得像小拇指似的，它們是由種子從泥土中爆出，生長，茁壯。等長得半人高時，就可分植在已被砍伐的林地，至少三十年後，它們將又成茂密的森林。古語說「十年樹木，百年樹人」，其實培植堅固成材的樹木又豈止十年。現在造林的青年，三十年後都已五六十歲，砍伐的工作就得由下一代來承當，這才叫「前人種樹，後人乘涼」。如果一切只顧目前，人類還有什麼成功可說呢！

我看著那細嫩的幼苗，迎著陽光，臨風搖曳，它們都是未來的有用之材。如果有一株被移植在無人之處，二千多年後，又是一株神木。蒼勁的神木，怎能想像它也是由幼苗長成的呢。

大學池

最後我們去遊了大學池，這是由臺大來山中實習的學生，別出心裁建造的風景區。這兒有一個橢圓形塘池，池中碧水溶溶。池上搭了座高高的竹橋，跨越兩邊，一邊是一片大草坪。原是遊人席地休息或學生露營的好處所。但因一開放便是菓皮紙片滿地，林區工人來此打掃，就感到非常頭痛。聽海音說美國任何遊覽區，遊人絕不把菓皮等隨便扔在地上。

有一次，她與一位美國朋友遊一處幽靜的林間，她聽那朋友說樹上的松鼠吃香蕉，她就把香蕉皮扔出去給松鼠吃，可是那朋友卻費了好半天把香蕉皮找回來，扔入籃中。她說松鼠不吃香蕉皮，皮絕不可亂丟。她們的公德心與自重精神真是可佩。看看我們陽明山的櫻花季節，草坪上琳琅滿目的景象，又當作何感想。

臨去依依

臨去前，我最戀戀不捨的是另一幢小小的樓房。那裡面樓下是餐室，有簡單的廚房用具。樓上是一間由陽臺伸展出來的小臥室。兩張單人席夢思床，一櫥一椅一桌，可供小家庭度假，可供有雅興的單身來此寫作。坐在臨窗的小桌前，對著青山綠樹，蟬語蟲鳴，靈感必將如泉頭活水，涓涓而至。可是我們沒有福分享受，一來是這裡的住宿價錢不便宜，二來是每日逐著滾滾車塵的公務員，無此閒情逸致。於是我們在此拍了幾張照，將這幢玲瓏的小屋，帶在夢中，慢慢地消受吧。

賞花・做花・寫花

我很少買鮮花，因為鮮花養不到幾天就落紅滿「桌」，花謝以後，瓶口空空的，顯得更冷落。可是插著塑膠花，羽毛花等等的，看去雖琳琅滿目，總嫌缺少生機。有一位朋友取笑我的屋子太沒有「文化」，琴桌上的香爐是仿古假銅器，壁上的名人山水是複製品。疏影橫斜的梅花是攝影，只有陽臺上兩盆花和一株長青的龍柏，給蜂房似的公寓抹上一絲綠意。於是我去沉櫻姐家，想向她討一枝容易移植的花木，點綴一下書房。到了巷口，抬頭一望，陽臺上冉冉的綠雲在飄動，落地紗門敞開著。想見主人此刻的閒情逸致。

「你來得正好，看我做花！」原來她在剪著彩色繽紛的縐紙做花呢！

她把縐紙摺疊幾層，用剪子一剪，打開來轉一下，套上現成的梗子，用手捏一把，就成了一朵不知什麼名兒的花。叫它康乃馨、鬱金香、杜鵑，都可以，都有點像也都不像。沉櫻姐說：「就這點不像才好。現代花講究色彩的調配，給人一種新的感覺，不宜太像，太像了就匠氣。你看多美？我要做好多好多送朋友們。」

「你可以名之為一剪花或一揑花，因為太簡單了。」我笑著說。

窗明几淨中，一邊賞花，一邊做花，真是消暑的好辦法。最令人羨慕的是她桌上還擺著稿子，正在一邊構思，為兒童讀物寫「花」。一篇「梅花」已經寫好了，寫的是宋朝隱士林和靖的故事。她計畫寫十多篇，梅花、蘭花、菊花、蓮花……，每一種花都有一位中國的古人愛它；都有許多美妙的詩篇讚賞它。更有許多花包含動人的故事，像杜鵑花，桃花，紫薇花……她寫著，做著，做著，寫著，筆尖將隨著剪子，同時綻開燦爛的花朵。

我帶回幾朵，插在花瓶裡。我是個不懂得插花藝術的人。平時欣賞插花，什麼「流」在我看來都是別出心裁，各有韻致。我認為任何事物都有調和的美，也有淩亂的美。有自然的美，也有人工的美。有亂真的可貴，也有絲毫不像的可愛。比如兒童的畫、汽車、洋房、耕牛、爸爸媽媽，全不像，全憑直覺，可是透著一派童稚的天真，這就是美。沉櫻姐的「一剪花」，我以為就像齊白石的畫，三筆兩筆，自是傳神。可貴的是她有這份優閒情趣。藉著簡樸的花朵，她更把這份優閒與朋友共享。這比古人的「肥馬輕裘與朋友共」，情調更高雅。

真花有凋謝的時候，詩人慨嘆「一片花飛減卻春，風飄萬點正愁人」，詞人癡癡地站在庭院中，吟著「淚眼問花花不語，亂紅飛過鞦韆去」。紙花不凋謝，不會平添你的傷感。舊了可以再一剪，又是萬紫千紅，煥然一新。

工業時代，「用過即丟棄」的紙製日用品日益發達，從餐具到衣服都是紙做的。一樣東西，用了把它丟棄，要比不小心弄壞或遺失了心裡舒服得多。一朵紙花，主動地把它扔去，心裡也沒有「無可奈何花落去」那麼難過。何況一切東西，如以純藝術的眼光去欣賞，不執著世俗「真與假」的評價，都有它自己的美點，又有什麼真假之分呢！

孩子慢慢長

「媽，請你幫我把床舖弄一下好不好？」每天臨睡時，孩子都要這樣央求我。我說：「你這麼大了，還要我幫你？」他說：「我是故意給你機會，讓你享受享受母愛的溫暖，溫暖的母愛啊！」

讓我享受母愛的溫暖，不知他從哪兒學來的這一套。凡是想偷懶，他總有理由，哄得你心甘情願為他做事。朋友們說過，你別怨孩子小，小時候才是你的兒子，長大了就不是了。他今年十二歲半，已經快不是我的兒子了。天氣變化，要他加衣服、帶雨傘，從來不聽，寧願淋個落湯雞回來。成績不好，你一說他，他就把門一關，不聽你這一套。有時真被他氣得掉眼淚，想想自己小時候，把母親氣得掉眼淚的情形，才知道這是現世報。

回想他小時候，那麼胖團團的，一見我就張開手要我抱，摟得我好緊好緊，只怕我丟下他走了。可是我是個公務員，不得不上班，不得不把他交給傭人。稍大一點，我就把他寄在托兒所，去接他的時候，是我一天裡最最快樂的時光。他一見我，又哭又笑，叫一聲媽媽，包含了無限的委屈和盼望。我內心也正有無限的歉疚，卻無法向他表白。他哪裡知道大人必須忙大人認為更重要的事，而把最疼愛的兒子扔在一邊呢！現在，他總還是個孩子，許多地方仍得依賴我，跌破了皮，一定喊媽媽幫他擦紅藥水；餓了，一定是向我討吃的；走進廚房，總是說：「啊，菜好香啊！」最使我感到厭煩的，是我一換衣服他就問 ：「媽媽你要出去啦 ？ 上哪兒 ？ 看電影？」我常常拉長臉說：「我上哪兒要你管？」話一說出了就後悔，他注意你的行動，就表示他還把你這位媽媽放在心上，他需要你，依賴你，再長大一點的時候，你上哪兒，他才不管呢！

可是看看許多朋友的子女，都在國外生子，寄來整疊彩色照片，叫人看了真是羨慕，像我這個年齡，在我們老家，早都是「祖婆、外婆」了。而我的獨生子，今年暑假才小學畢業，離大學畢業，「出國深造」，還差十萬八千里，而我已視茫茫髮蒼蒼了，去日苦多，令人心裡著急。

話又說回來，有個兒子在眼前搗搗蛋，一來可以減少寂寞，二來也可以騙騙自己孩子還小，我也還年輕。天下事難得有圓滿的，我既不望子成龍，只要他每年考個不上不下的名次，順利升級，時常念幾篇他自認為「得意傑作」給我聽聽，我也就心滿意足了。

有一次，我有一支口紅，用起來卻又嫌它太紅了，他在旁邊看著說：「媽，留起來，將來給你的兒媳婦用吧！」哈，他已經打算得那麼遠。那麼，他究竟是長大了沒有呢？他如果再大五歲，就不會說這話了。那麼他到底還小，還是我親親熱熱的兒子。

我寫過一篇文章，題目是「孩子快長大」，可見我心裡未始不希望他快長大。可是為了我們只有一個兒子，為了怕他長大了不再喊媽喊得那麼親熱，為了怕他有困難不再需要我們，而使我感到空虛，我寧願他慢點長大，寧願他傻裡傻氣的多傻幾年。讓我享受溫暖的母愛，母愛的溫暖。所以我在心裡輕聲地說：孩子，你慢慢長。

天下有像我這樣古怪的母親嗎？

下雨天，真好

我問你，你喜歡下雨嗎？你會回答說：「喜歡，下雨天富於詩意，叫人的心寧靜。尤其是夏天，雨天裡睡個長長的午覺該多舒服。」可是你也許會補充說：「但別下得太久，像那種黃梅天，到處濕漉漉的，悶得叫人轉不過氣來。」

告訴你，我卻不然。我從來沒有抱怨過雨天。雨下了十天、半月、甚至一個月，屋子裡掛滿萬國旗似的濕衣服，牆壁地板都冒著濕氣，我也不抱怨。我愛雨不是為了可以撐把傘兜雨，聽傘背滴答的雨聲，就只是為了喜歡那下不完雨的雨天。為什麼，我說不明白。好像雨天總是把我帶到另一個處所，離這紛紛擾擾的世界很遠很遠。在那兒，我又可以重享歡樂的童年，會到了親人和朋友，遊遍了魂牽夢縈的好地方。優遊、自在。那些有趣的好時光啊，我要用雨珠的鍊子把它串起來，繞在手腕上。

今天一清早，掀開帘子看看，玻璃窗上已撒滿了水珠，啊，真好，又是個下雨天。

守著窗兒，讓我慢慢兒回味吧，那時我才六歲呢，睡在母親暖和的手臂彎裡，天亮了，聽到瓦背上嘩嘩嘩的雨聲，我就放心了。因為下雨天長工不下田，母親不用老早起來做飯，可以在熱被窩裡多躺會兒。這一會兒工夫，就是我最幸福的時刻，我捨不得再睡，也不讓母親睡，吵著要她講故事，母親閉著眼睛，給我講雨天的故事：有一個瞎子，雨天沒有傘，一個過路人看他可憐，就打著傘一路送他回家。瞎子到了家，卻說那把傘是他的。還請來鄰居評理，說他的傘有兩根傘骨是用麻線綁住的，傘柄有一個窟窿。說得一點也不錯。原來他一面走一面用手摸過了。傘主人笑了笑，就把傘讓給他了。我說這瞎子好壞啊！母親說，不是壞，是因為他太窮了，傘主想他實在應當有把傘，才把傘給他的，傘主是個好心人。在曦微的晨光中，我望著母親的臉，她的額角方方正正，眉毛是細細長長的，眼睛也瞇成一條線。教我認字的老師說菩薩慈眉善目，母親的長相大概也跟菩薩一個樣子吧。

雨下得愈大愈好，簷前馬口鐵落水溝叮叮噹噹地響，我就合著節拍唱起山歌來。母親一起床，我也就跟著起來，顧不得吃早飯，就套上叔叔的舊皮靴，頂著雨在院子裡玩。陰溝裡水滿了，白繡球花瓣飄落在爛泥地和水溝裡。我把阿榮伯給我雕的小木船漂在水溝裡，中間坐著母親給我縫的大紅「布姑娘」。繡球花瓣繞著小木船打轉，一起向前流。我跟著小木船在爛泥地裡踩水。吱嗒吱嗒的響。直到老師來了才被捉進書房。可是下雨天老師就來得晚，他有腳氣病，像大黃瓜似的腫腿，穿釘鞋走田埂路不方便。我巴不得他摔個大觔斗掉在水田裡，就不會來逼我認方塊字了。

天下雨，長工們就不下田，都蹲在大穀倉後面推牌九。我把小花貓抱在懷裡，自己再坐在阿榮伯懷裡，等著阿榮伯把一粒粒又香又脆的炒胡豆剝了殼送到我嘴裡。胡豆吃夠了再吃芝麻糖，嘴巴乾了吃柑子。肚子鼓得跟蜜蜂似的。一雙眼睛盯著牌九，黑黑的四方塊上白點點，紅點點。大把的銅子兒一會兒推到東邊，一會兒推到西邊。誰贏誰輸都一樣有趣。我只要雨下得大就好，雨下大了他們沒法下田，就一直這樣推牌九推下去。老師喊我去習大字，阿榮伯就會去告訴他：「小春肚子痛，喝了午時茶睡覺了。」老師不會撐著傘來穀倉邊找我的。母親只要我不纏她就好，也不知我是否上學了，我就這麼一整天逃學。下雨天真好，有吃有玩，長工們個個疼我，家裡人多，我就不寂寞了。

潮濕的下雨天，是打麻線的好天氣，麻線軟而不會斷。母親熟練的雙手搓著細細的麻絲，套上機器、輪軸呼呼地轉起來，雨也跟著下得更大了。五叔婆和我幫著剪線頭。她是老花眼，母親是近視眼，只有我一雙亮晶晶的眼睛最管事。為了幫忙，我又可以不寫大小字。懶惰的四姑一點忙不幫，只伏在茶几上，唏呼唏呼抽著鼻子，給姑丈寫情書。我瞄到了兩句：「下雨天討厭死了，我的傷風老不好。」其實她的鼻子一年到頭傷風的，怨不了下雨天。

五月黃梅天，到處粘榻榻的，母親走進走出的抱怨，父親卻端著宜興茶壺，坐在廊下賞雨。院子裡各種花木，經雨一淋，新綠的枝子，頑皮的張開翅膀，托著嬌艷的花朵冒著微雨，父親用旱煙管點著它們告訴我這是丁香花，那是一丈紅。大理花與劍蘭搶著開，木樨花散佈著淡淡的幽香。牆邊那株高大的玉蘭花開了滿樹，下雨天謝得快，我得趕緊爬上去採，採了滿籃子送左右鄰居。玉蘭樹葉上的水珠都是香的，洒了我滿頭滿身。

唱鼓兒詞的總在下雨天從我家後門摸索進來，坐在廚房的條凳上，咚咚咚的敲起鼓子，唱一段秦雪梅弔孝，鄭元和學丐。母親一邊做飯，一邊聽。淚水掛滿了臉頰，拉起青布圍裙擦一下，又連忙盛一大碗滿滿的白米飯，請瞎子先生吃，再給他一大包的米。如果雨一直不停，母親就會留下瞎子先生，讓他在阿榮伯床上打個中覺，晚上就在大廳裡唱，請左鄰右舍都來聽。大家聽說潘宅請聽鼓兒詞，老老少少全來了。寬敞的大廳正中央燃起了亮晃晃的煤氣燈，發出嘶嘶嘶的聲音。煤氣燈一亮，我就有做喜事的感覺，心裡說不出的開心。大人們都坐在一排排的條凳與竹椅上，紫檀木鑲大理石的太師椅裡卻擠滿了小孩。一個個光腳板印全印在茶几上。雨嘩嘩的越下越大，瞎子先生的鼓咚咚咚的也敲得愈起勁。唱孟麗君，唱秦雪梅，母親和五叔婆她們眼圈都哭得紅紅的，我就只顧吃炒米糕、花生糖。父親卻悄悄地溜進書房作他的「唐詩」去了。

八九月颱風季節，雨水最多，可是晚穀收割後得靠太陽晒乾。那時沒有氣象報告，預測天氣好壞全靠有經驗的長工和母親抬頭看天色。雲腳長了毛，向西北飛奔，就知道有颱風要來了。我真開心，因為可以套上阿榮伯的大釘鞋，到河邊去看漲大水，母親皺緊了眉頭對著走廊下堆積如山的穀子發愁，幾天不晒就要發霉的呀，穀子的霉就是一粒粒綠色的麴。母親叫我和小幫工把麴一粒粒揀出來，不然就會愈來愈多的。這工作好好玩，所以我盼望天一直不要晴起來，黴會愈來愈多，我就可以天天滾在穀子裡揀黴，不用讀書了。母親端張茶几放在廊前，點上香念《太陽經》，保佑天快快放晴。《太陽經》我背得滾瓜爛熟，我也跟著念，可是從院子的矮牆頭望出去，一片迷濛。一陣風，一陣雨，天和地連成一片，看不清楚，看樣子且不會晴呢，我愈高興，母親卻愈加發愁了。母親何苦這麼操心呢。

到了杭州念中學了，下雨天可以坐叮叮咚咚的包車上學。一直拉進校門，拉到慎思堂門口。下雨天可以不在大操場上體育課，改在健身房玩球，也不必換操衣操褲。我最討厭燈籠似的黑操褲了。從教室到健身房有一段長長的水泥路，兩邊碧綠的冬青，碧綠的草坪，一直延伸到健身房後面。同學們起勁地打球，我撐把傘悄悄地溜到這兒來，好隱蔽，好清靜。我站在法國梧桐樹下，葉子尖滴下的水珠，紛紛落在傘背上，我心裡有一股淒涼寂寞之感，因為我想念遠在故鄉的母親。下雨天，我格外想她。因為在幼年時，只有雨天裡，我就有更多的時間纏著她，雨給我一份靠近母親的感覺。

星期天下雨真好，因為「下雨天是打牌天」，姨娘說的。一打上牌，父親和她都不再管我了。我可以溜出去看電影，邀同學到家裡，爬上三層樓「造反」，進儲藏室偷吃金絲蜜棗和巧克力粒，在廚房裡守著胖子老劉炒香噴噴的菜，炒好了一定是我吃第一筷。晚上，我可以丟開功課，一心一意看《紅樓夢》，父親不會啣著旱煙管進來逼我背《古文觀止》。唏哩嘩啦的洗牌聲，夾在洋洋洒洒的雨聲裡，給我一萬分的安全感。

如果我一直不長大，就可一直沉浸在雨的歡樂中。然而誰能不長大呢？人事的變遷，尤使我於雨中俯仰低徊。那一年回到故鄉，坐在父親的書齋中，牆壁上「聽雨樓」三個字是我用松樹皮的碎片拼成的。書桌上紫銅香爐裡，燃起了檀香。院子裡風竹蕭疏，雨絲紛紛洒落在琉璃瓦上，發出叮咚之音，玻璃窗也砰砰作響。我在書櫥中抽一本《白香山詩》，學著父親的音調放聲吟誦。父親的音容，浮現在搖曳的豆油燈光裡。記得我曾打著手電筒，穿過黑黑的長廊，給父親溫藥。他提高聲音吟詩，使我一路聽著他的詩聲音，不會感到冷清。可是他的病一天天沉重了，在淅瀝的風雨中，他吟詩的聲音愈來愈低，我終於聽不見了，永遠聽不見了。

杭州的西子湖，風雨陰晴，風光不同，然而我總喜歡在雨中徘徊湖畔。從平湖秋月穿林蔭道走向孤山，打著傘慢慢散步。心沉靜得像進入神仙世界。這位宋朝的進士林和靖，妻梅子鶴，終老是鄉，范仲淹曾贊美他：「片心高與月徘徊，豈為千鍾下釣台。猶笑白雲多自在，等閟因雨出山來。」想見這位大文豪和林處士徜徉林泉之間，流連忘返的情趣。我凝望著碧藍如玉的湖面上，斜低斜的梅花，卻聽得放鶴亭中，響起了悠揚的笛聲。弄笛的人向我慢慢走來，他低聲對我說：「一生知己是梅花。」

我也笑指湖上說：「看梅花也在等待知己呢。」雨中遊人稀少，靜謐的湖山，都由愛雨的人管領了。衣衫漸濕，我們才同撐一把傘繞西泠印社由白堤歸來。湖水湖風，寒意襲人。站在湖濱公園，彼此默然相對，「明亮陽光下的西湖，宜於高歌，而煙雨迷濛中的西湖，宜於吹笛。」我幽幽地說。於是笛聲又起，與瀟瀟雨聲相和。

二十年了，那笛聲低沉而遙遠，然而我，仍能依稀聽見，在雨中。……

紅紗燈

小時候，我每年過新年都有一盞紅燈籠，那是外公親手給我糊的。一盞圓圓直直的大紅鼓子燈，兩頭邊沿鑲上兩道閃閃發光的金紙。提著它，我就渾身暖和起來，另一隻手捏在外公暖烘烘的手掌心裡，由他牽著我，去看廟戲或趕熱鬧的提燈會。

八歲那年，他卻特別高興地做了兩盞漂亮精緻的紅紗燈：一盞給我，一盞給比我大六歲的五叔。這兩盞燈，一直照亮著我們。現在，燈光好像還亮在我眼前，亮在我心中。

每年臘月送灶神的前一天，外公一定會準時來的。從那一天起，我的家庭教師也開始給我放寒假了。寒假一直放到正月初七迎神提燈會以後，足足半個月，我又蹦跳又唱歌又吃。媽媽說我胖得像一隻長足了的蛤蟆，鼓著肚子，渾身的肉都緊繃繃的。幾十里的山路，外公要從大清早走起，走到下午才到。我吃了午飯，就搬張小竹椅子坐在後門口等，下雨天就撐把大傘。外公是從山腳邊那條彎彎曲曲的田埂路上，一腳高一腳低地走來的。一看見他，我就跑上前去，抱住他的青布大圍裙喊：「外公，你來啦，給我帶的什麼？」

「紅棗糖糕，再加一只金元寶，外公自己做的。」

外公總說什麼都是他自己做的，其實紅棗糖糕是舅媽做的，外公拿它來捏成各色各樣的玩意兒，麻雀、兔子、豬頭，金元寶。每年加一樣新花樣。

「今年給我糊什麼燈？」

「蓮花燈、關刀燈、兔子燈、輪船燈，你要哪一樣？」

外公說了那麼多花樣，實際上他總給我糊一盞圓筒筒似的鼓子燈。外公說他年輕時樣樣都會，現在老了，手不大靈活，還是糊鼓子燈方便些。我也只要鼓子燈，不小心燒掉了馬上再糊上一層紅紙，不要我等得發急。

外公的雪白鬍鬚好長好長，有一次給我糊燈的時候，鬍鬚尖掉進漿糊碗裡，我說：「外公，小心晚上睡覺的時候，老鼠來咬你的鬍鬚啊！」

「把我下巴啃掉了都不要緊，天一亮就會長出一個新的來。」

「你又不是土地爺爺。」我咯咯地笑起來。

「小春，你知道土地爺爺是什麼人變的嗎？」

「不知道。」

「是地方上頂好的人變的。」

「怎麼樣的人才是頂好的好人呢？」

外公瞇起眼睛，用滿是漿糊的手摸著長鬍子說：「小時候不偷懶，不貪吃，不撒謊，用功讀書，勤快做事。長大了人家有困難就不顧一切的去幫助他。」

「你想當土地爺爺嗎？外公？」

「想是想不到的，不過不管怎麼樣，一個人總應當時時刻刻存心做好人。」

好人與壞人，對八歲的我來說，是極力想把他們分個清楚的。不過我還沒見過什麼壞人，只有五叔，有時趁我媽媽不在廚房的時候，偷偷在碗櫥裡倒一大碗酒喝，拿個鴨肫乾啃啃，或是悄悄地去爸爸書房裡偷幾根加利克香煙，躲在穀倉後邊去抽；我問過外公，外公說：「他不是壞人，只是習慣學壞了，讓我來慢慢兒勸他，他會學好的。」

外公對五叔總是笑咪咪的，不像爸爸老沉著一張臉，連正眼都不看他一下。所以外公來了，五叔也非常高興。有時幫他劈燈籠用的竹子。那一天，我們三個人在後院暖洋洋的太陽裡，外公拿剪子剪燈上用的紙花，五叔用細麻繩紮篾籤子，我把甜甜的花生炒米糖，輪流地塞在外公和五叔的嘴裡。外公嚼起來喀啦喀啦的響，五叔說：

「外公，您老人家的牙真好。」

「吃蕃薯的人，樣樣都好。」外公得意地說。

「看您要活一百歲呢。」五叔說。

「管他活多大呢。我從來不記自己的年紀的。」

「我知道，媽媽說外公今年六十八歲。」

「算算看，外公比你大幾歲？」五叔問我。

「大六歲。」我很快地說。

「糊塗蟲，怎麼只大六歲呢？」五叔大笑。

「大十歲。」我又說。其實我是故意逗外公樂的，我怎麼算不出來，外公比我整整大六十歲。

「大八歲也好，十歲也好，反正外公跟你提燈的時候就是一樣年紀。」外公俯身拾起一粒木炭，在洋灰地上畫了一隻長長的大象鼻子，問我：「這是『阿伯伯』六字嗎？」

「不是『阿伯伯』，是『阿剌伯』六字，你畫得一點也不像。」我搶過木炭，在右邊再加個八字。說：「這是外公的年紀。」

五叔把木炭拿去，再在左邊加了一直說：「你老就活這麼大，一百六十八歲，好嗎？」

「那不成老人精了？」外公哈哈大笑起來，放下剪刀，又篤篤地吸起旱煙管來了。五叔連忙在身邊摸出一包洋火，給他點上。外公笑嘻嘻地問：「老五，你怎麼身邊總帶著洋火呢？」

「給小春點燈籠用的。」五叔很流利地說。

「才不是呢！你在媽媽經堂偷來，給自己抽香煙用的。不信你口袋裡一定還有香煙。」我不由分說，伸手在他口袋裡一摸，果真掏出兩根彎彎扁扁的加利克香煙，還有兩個煙蒂頭，小叔的臉馬上飛紅了。

「這是大哥不要了的。」五叔結結巴巴地說。

外公半晌沒說話，噴了幾口煙，他忽然說：「小春，把香煙剝開來塞在旱煙斗裡，給外公抽。」又回頭對五叔說：「你手很巧，我教你紮個關刀燈給小春，後天是初七，我們一起提燈去。」

「我不去，我媽罵我沒出息，書不念，只會趕熱鬧，村裡的人也都瞧不起我。」

「那麼，你究竟念了書沒有？」

「念不進去，倒是喜歡寫毛筆字。」

「那好，你就替我拿毛筆抄本書。」

「抄什麼書？」

「《三國演義》。」

「那麼長的書，您要抄？」

「該，字太小，我老花眼看不清楚。你肯幫我抄嗎？抄一張字一毛錢，你不想多掙幾塊錢嗎？」

「好，我替您抄。」

五叔與外公這筆生意就這樣成交了。外公摸出一塊亮晃晃的銀元，給五叔去買紙筆。他還買回好多種顏色的玻璃紙給我糊燈。外公教他紮關刀燈，自己一口氣又糊了五盞鼓子燈：紅的、綠的、黃的、藍的，一盞盞都掛在廊前。五叔拿著糊好的關刀燈在我面前擺一個姿勢，眼睛閉上，把眉心一皺，做出關公的神氣。在五彩瑰麗的燈光裡，我看見五叔揚揚得意的笑。

提燈會那天下午，天就飄起大雪來。大朵的雪花在空中飛舞，本來是我最喜歡的，可是燈將會被雪花打熄，卻使我非常懊喪。外公說：「不要緊，我撐把大傘，你躲在我傘下面只管提，老五就拿火把，火把不怕雪打的。」

外公套上大釘鞋，五叔給我在蚌殼棉鞋外面綁上草鞋，三個人悄悄地從後門出去，到街上追上了提燈隊伍。媽媽並不知道，她知道了是決不許外公與我在這麼冷的大雪夜晚在外面跑的。

雪愈下愈大，風就像刀刺似的。我倚偎在外公身邊，一隻手插在他的羊皮袴口袋裡，提鼓子燈的手雖然套著手套，仍快凍僵了。五叔在我前面握著火把，眼前一長列的燈籠、火把，照得明晃晃的雪夜都成了粉紅色。大家的草鞋在雪地上踩得格支格支的響。外公的釘鞋插進雪裡又提起來，卻發出清脆的沙沙聲。我吸著冷氣，抬頭看外公，他的臉和眼睛都發著亮光。

「外公，你冷不冷？」我問他。

「越走越暖和，怎麼會冷，你呢？」

「外公不冷，我就不冷。」

「說得對，外公六十八歲都不冷，你還冷？」他把我提燈的手牽過去，我凍僵的手背頓時感到一陣溫暖。我快樂地說:「外公，我真喜歡你。」

「我也真喜歡你，可是你長大了要出門讀書，別忘了過新年的時候回來陪外公提燈啊。」

「一定的。等我大學畢業掙了大錢，就請四個人抬著你提燈。」

「那我不真成了土地公公啦？」他呵呵地笑了。

提燈隊伍穿過熱鬧的街心，兩旁的商店都劈劈拍拍放起鞭炮來。隊伍的最前面敲著鑼鼓，也有吹簫與拉胡琴的聲音；鬧轟轟地穿出街道，又向河邊走去，火把與紅紅綠綠的燈光，照在靜止的深藍河水中，岸上與河裡兩排燈火，彎彎曲曲，搖搖晃晃的向前蠕動著。天空仍飄著朵朵雪花，夜是一片銀白色，我幻想著彷彿走進海龍王的水晶宮裡去了。忽然前面一陣騷動，有人大聲喊:「不得了，有人掉進河裡去了。」

我吃了一驚，一時眼花撩亂。仔細一看，一直走在前面的五叔不知什麼時候已經不見了，我拉著外公著急地說:「怎麼辦呢？一定是五叔掉進河裡去了。」

外公卻鎮靜地說：「不會的，他這麼大的人怎麼會掉進河裡去呢？」

長龍縮短了，火把和燈籠都聚集在一起。在亂糟糟的喊聲中，卻聽見撲通一聲，有人跳進河裡去。我不由得趕上前面，擠進人叢，看見一個人拖著一個孩子濕淋淋地爬上岸來，仔細一看，原來是五叔。他抱著一個比他小不了多少的男孩子，把他交給眾人；我搶上一步，捏著五叔冰冷徹骨的雙手說：「五叔，你真了不起，你跳得好快啊。」

五叔咧著嘴笑，提燈隊的人個個都向他道謝。說他勇敢，肯跳下快結冰的水裡去救人 。 外公拈著鬍鬚連連點頭說 ：「好，你真好，快回去換衣服吧。」

五叔先回去了。外公仍牽我跟著隊伍，一直到把菩薩送進了廟裡才散。那時將近午夜，雪已經停止了，空氣卻越來越冷。外公把傘背上沉甸甸的雪抖落了，合上傘，在我的鼓子燈裡換上一枝長蠟燭。燈光又明亮了起來，照著雪地上我們倆一高一矮的影子，前前後後地搖晃著。提燈的人散去以後，我忽然感到一陣冷清，心裡想著最熱鬧的年快過完了，隨便怎樣開心的事兒，總歸都要過去的。我沒精打采地說：「外公，我們快回家吧，媽要惦記了。」

回到家裡，看見五叔坐在廚房裡的長凳上，叔婆在給他烤濕漉漉的棉襖，媽正端了一碗熱氣騰騰的酒給他喝，說是給他去寒氣的，這回他可以大模大樣地喝酒了。

我連忙問他：「五叔，你怎麼有膽子一下就跳進這麼冷的水裡呢，你本來會泅水嗎？」

「只會一點兒。那時我聽見喊有人掉下水去了。我呆了半天，忽然覺得前面的火把燒得這麼旺，燈籠點得這麼亮，這樣熱鬧快樂的時候，怎麼可以有人淹死在水裡呢？我來不及多想，就撲通一下跳進水去。在水裡起初我也很心慌，衣服濕了人就往下沉。可是我想到那個不會泅水的人快淹死了，他一定比我更心慌，我仰起頭，看見岸上有那麼多燈火，地上又是雪白的一片，我就極力往上看，往亮的地方看，那許多火把和燈光，好像給了我不少力氣，我還是把那個人找到，拖上來了。」

「你知道村子裡個個人都在誇獎你嗎？」外公問他。

「我知道，從他們的臉上，我看得出來。」

「那麼，把這碗酒慢慢的喝掉，喝得渾身暖暖的，以後別再喝酒了。」外公又端一碗酒給他說。

「我以後不再偷喝酒了，我要做個好人。」

「你本來就是好人嘛，外公說的，肯幫助人的就是好人。」我得意地說。

我的大紅鼓子燈還提在手裡，媽媽把它接去插在柱子上，又點起一枝大紅蠟燭，放在桌子正中，照得整個廚房都亮亮的。五叔望著跳躍的燭光，一對細長眼睛睜得大大地，他轉臉對外公說：「外公，我捧著火把跟大家跑的時候，忽然覺得燈真好，亮光真好，它照著人向前跑。照得我心裡發出一股暖氣，大家都在笑，都那麼快樂，所以我也跑，跟著大家一起吶喊。我才知道以前不該躲躲藏藏的做旁人不高興的事。外公，我以後再也不這樣了。」

外公笑起來滿臉的皺紋，外公好高興，他的瞇縫眼裡發出了光輝。他摸著鬍鬚說：「好，你說得真好，我要好好給你紮一盞燈，趕著十五提燈去。」

「我也要。」我喊。

「還少得了你的！」

外公叫媽媽找來兩塊大紅薄紡綢，又叫五叔幫他劈竹子，整整忙了兩天，他真的紮出兩盞玲瓏的六角形紅紗燈。每個角都有綠絲線穗子垂下來，飄啊飄的，下面還有四隻腳，可以提，又可以擺在桌上。原來外公的手藝這麼高，他的手一點沒有不靈活，以前只是為了趕工，懶得紮就是了。

兩盞紅紗燈並排兒掛在屋簷下面，照著天井裡東一堆西一堆的積雪，和臺階下一枝開得非常茂盛的臘梅花。在靜悄悄中散佈出清香。

五叔注視著那燈光說：「明天起，我給你抄《三國演義》。」

「別給我抄《三國演義》了，請老師教你讀書吧，讀一篇，你就抄一篇，你大哥書房裡那麼多的書。」

「老師教我讀什麼書呢？」

「《論語》，那裡面道理多極了。」

「《論語》，老師都教我背過了，只是覺得沒什麼意思。」

「我一句句打比喻解說給你聽，你就有興趣了。」

五叔點點頭。

正月初七已過，我的假期滿了，必須回到書房裡。外公叫五叔也陪我一同讀書。我們各人一張小書桌，晚上把兩盞紅紗燈擺在正中長桌上。我雖眼睛望著書本，心裡卻一直惦記十五的提燈會。五叔經外公一誇獎，書念得比我快，字寫得比我好。外公告訴我爸爸，爸爸還不相信呢。

十五提燈會，不用說又是最快樂的一晚。那個被五叔救起的男孩子特地跑來約他一同去。我呢，仍舊牽著外公的手，把美麗的紅紗燈提得高高的，向眾人炫耀。

提燈會以後，快樂的新年過完了，可是我覺得這一年比往年更快樂，什麼原因我卻說不出來。是因為外公給我與五叔每人做了一盞漂亮的紅紗燈嗎？還是因為看五叔在燈下用心抄書，不再抽煙喝酒，不再偷叔婆的錢了呢？

克姑媽的煩惱

喜歡看電視的人，大概記得「神仙家庭」節目中，有一位顫巍巍的克姑媽。她年輕時也跟她姪女一樣，呼風喚雨，法力無邊。可是現在老了，咒語記不完全，背得七顛八倒，變出來的東西全不是那麼回事。於是攪得家裡馬仰人翻，愈幫愈忙。看戲的轟然大笑，覺得克姑媽糊塗得可愛。我，尤其喜歡看她，因為我家就有兩個克姑媽，一個是望七之年的女工林嫂，一個就是我自己。

克姑媽在戲裡那麼逗，可是在實際生活裡卻真叫人煩惱。舉個例來說吧，我常常忽然想起一件事要跟外子商量，喊了他一聲以後，卻怎麼也想不起那是一件什麼事。他就拖著四川長音說：「算了算了，想不起來一定不是什麼急得要命的事。」我卻固執地非把它想起來不可，等想起來時，他又沉入他的書報中不便打攪了，不然他又該怪我說話不是時候了。至於鑰匙鋼筆之類，明明記得放在東邊，卻偏偏在西邊出現的事兒，更是司空見慣。外子說這是鬧狐仙。於是家裡又出現了兩個狐仙。一個是我，一個是我那十二歲半的兒子。他就利用我記憶力的衰退，把罐子裡的糖果餅乾，由多變為少，由有變為無，卻硬說是媽媽八百年前買的，或甚至根本沒有買過，我也只好恍兮惚兮的認了。有一次，我叫他為我找來老花眼鏡，我匆匆戴上，頓覺眼前一片昏黑，字跡模糊不清。我想：糟了，工作過度，視力不行了。他又趕緊遞來另一副說：「媽媽，狐仙給你變一副好的。」原來他故意把太陽眼鏡給我充老花眼鏡，嚇得我精神幾乎崩潰，他就如此的捉弄我。

我覺得鬧鬧狐仙倒還有趣，只是克姑媽的丟三忘四叫人苦不堪言。尤其是女工林嫂。她除了牢牢看住大門外，在家務上，簡直搞得一團糟。任何事，我都無法託她辦。比如說去菜場吧，她幾乎每次是丟了錢，忘了菜，然後叫一輛計程車回家。做菜呢，該蒸的炒，該切片的切絲，該放鹽的放糖，端出來的菜，就是糖兒醬兒醋兒和在一起，別有一番滋味。丈夫和孩子吃不下飯，只好我這個年輕點的克姑媽親自下廚房。

更有一樣，她每晚必定出去「蹓托」，十二時左右才回家，我真擔心她的安全，她卻得意揚揚地說：「過十字路口時，我只要一招手，計程車就會停下來讓我先過馬路。我的手臂比警察的指揮棒還靈。」她卻沒聽見司機看她招呼了又不上車會怎麼罵她呢。

以前我偶然患健忘症，總是原諒自己，由於工作太忙，疲勞過度所致。現在知道是由於不饒人的年齡，更年期的現象。傻頭傻腦的兒子曾問我：「媽媽，你常常說更年期到了，什麼叫做更年期？」我只好對他說：「年紀漸漸大了，就要由一個階段進入另一個階段，也就是更年期。」他恍然大悟地說：「那麼我小學畢業，也要更了年才能進中學了。」想來也不無道理。人自從呱呱墮地到長大衰老，哪一天不在更年呢。兒子還說過：「媽媽，你現在別老，等我長大了，我和爸、媽三人一起老。」這種意識流的現代派想法，叫人聽了又感慨又高興。有這麼個願意陪我們一起老的傻兒子，一片孝心，在我們也於願足矣。

在家中，他自稱狐仙第一號，喊我克姑媽第二號，把第一號封給了林嫂，他認為媽媽並沒糊塗到那種程度。媽媽做的菜還是最好吃的，媽媽講的歷史故事還是最動聽的。還有媽媽買來大包小包的零食，過一兩天就忘得一乾二淨，原是饞嘴的狐仙求之不得的事啊。

今天，當我寫了「克姑媽的煩惱」這題目時，他在一旁安慰我說：「親愛的克姑媽，千萬別煩惱，你有個狐仙兒子，爸爸雖是凡人，卻能幫你把戲法變回來，我們也是一份神仙家庭呢！」

病中致兒書

一

楠兒：

早晨，你爸爸送我進醫院，在車上要坐很長一段時間。早晨的陽光特別明亮，空氣又那麼新鮮。在明亮的陽光裡，呼吸著新鮮的空氣，我的心情很悠閒很愉快，一點也不像去動手術，倒像出外郊遊似的。所不同的是身邊沒有你。若是郊遊怎能少得了你呢？因此我就格外惦念你，不知此刻你正在上哪一堂課。老師轉過身子寫黑板時，你是不是又在東張西望了。粗心大意的寫完了十道數學題，起碼又得錯五道。是嗎？今早，我因很不舒服，沒有起床給你做早點，沒把你愛吃的點心包了放在你書包裡。你爸爸一忙就給忘了。上了兩節課，你該餓了。伸手往書包裡一摸，沒有點心，你就會想起：「媽媽今天進醫院，沒心思顧我了。」其實我在醫院病床上，心卻無時無刻不在你身邊。而你呢，最好媽媽離開遠些，就沒人嚕囌你了，是嗎？這些日子你一直問我，「媽媽，你幾時進醫院，幾時開刀呀？我可不可以來看你？」你並不懂得惦記我的病，只為開刀是一件新鮮事兒。而且你說一定會有吃不完的水菓、菓汁、蛋糕等等，你早就在盼望了。

現在是晚上八點，我已經舒舒服服地躺在潔白的病床上了。我們這間病房一共四個人。我沒進來以前，有點膽怯。擔心同房間的病人是不是都很和氣。聽說有些病會使人的脾氣變壞，那麼她們會不會都是壞脾氣的人呢？可是我剛跨進房間，鄰床的病人就向我微笑打招呼，告訴我東西該放在哪裡。她是肚子裡長個瘤來開刀。她姓陳，已經在這裡住了將近三個月。是一位送往迎來的老資格病人了。

另外一位姓饒，是甲狀腺病。一位姓尹，是小學老師，她患的是心臟病和半身不遂。我們四人都穿著一律的淺紫色又長又大的病人制服。立刻就同病相憐起來。真的，我們很快就談得很投機了。

從玻璃窗外望去，是一片碧綠的草坪，使你眼睛有清新之感。爸爸不是對你說過嗎？天然的綠色，是洗眼睛最好的藥水，我們住在公寓房子裡，一直望不到樹木和草坪，現在我可以天天飽餐綠色。相信回家以後，眼睛也會比以前更明亮了。

靠左是一座小土墩，上面也長滿了草木和紫色的牽牛花，陳阿姨告訴我，在那美麗的花草之下，覆蓋的是無主的荒墳，年代已非常久遠了。年輕的饒阿姨雖然是五個孩子的媽媽，可是這位小媽媽卻非常膽小。天還沒暗下來，她就把深綠色的窗帘拉起來，隔開那座荒墳。孩子，我想你對暮色蒼茫中的荒墳，一定有一份神祕感。不是嗎！只隔著一層望得透的薄薄玻璃，窗子裡是求生慾迫切的病人，由大夫悉心的治療，一天天走向健康，繼續為生存而奮鬥。而窗子外黃土下的枯骨，卻早和這世界脫離關係了。可是他們在生前如果曾為社會人類做過有益的事，那麼他們的形骸雖已消失，他們的精神仍長存人間，也就不能說和這世界沒有關係了。你不是讀過很多民族英雄可歌可泣的故事，和中外名人的傳記嗎？像我們的革命先烈，像美國的華盛頓、林肯、愛迪生，他們豈不是永遠活在後代每個人的心中。寫到這裡，媽媽不由得越發感到自己的渺小了。可是無論怎樣渺小的人，在醫師們的心目中，都是一視同仁。他們的仁心仁術，就是要把你的病治好。逃出病魔掌握之後，更體會到生命的價值，和生存的意義。哪怕再渺小，也都會有他的光彩的。你現在還小，也許不懂媽媽說的意思，逐漸長大時，你自然會懂的。

現在才九點鐘，她們三人都已入睡。媽卻開著小燈給你寫信，想你還在燈下做功課，一會兒喝杯水，一會兒小個便，功課寫得好慢。臨睡前的一杯牛奶，你自己沖來喝。媽媽不在家，你會「自作自受」，吃得津津有味的。你滿口的成語，時常逗得我們大笑。告訴你，媽媽住院，要吃了睡，睡了吃，人一定會長胖，回家來時，你一定要說媽媽「面目全非」了。

媽　媽　五月五日

二

楠兒：

醫師已為我動過手術，當助手來接我去時，護士小姐給我注射了一針，然後命我仰臥在床上，被慢慢兒推著。推過長長的走廊，推進大大的電梯。我微微合著雙目，飄飄蕩蕩地，非常舒服。你爸爸一直陪著我在床邊走。媽媽還從來沒有這麼享福過呢，這所東南亞第一流的醫院真大，推了很久很久以後，才到手術室。兩扇雪白的門打開，我被推了進去。孩子，你不是最愛看以前電視的「醫林寶鑑」嗎？就是那情景，只不過是沒那麼有聲有色就是了。

手術非常快，只短短一小時，就把半年來叫我提心弔膽的病根拔去了。醫師手中亮晃晃的鋼刀真是神奇，害過一次嚴重的病，就格外的依賴醫師。

躺在病床上。我有很多很多感想。我真嚮往醫師們高明的醫道，他們為病人解除痛苦，將你從死亡邊緣拯救回來。除了職業上的責任感以外，他們更當有一顆仁慈的心和一臉和藹的神情。像電影裡那些嚴肅而又風趣的老醫師似的，那將使病人多麼感到欣慰安心呢。你現在還小，將來的旨趣在哪一方面還不能確定。可是你有一副善良的心腸，看你對小動物都不忍加以殺害，小時候還千方百計想救活一隻被貓咬傷的小麻雀，我就知道你是個富於同情心的孩子。你將來如果學醫的話，一定是個好醫生。病人如果有痛楚，向你求援，你可千萬別擺架子。你一定要伸出手摸摸病人的額角說：「吃了藥，忍耐一下就好了，我會來看你的，安心地睡吧。」

病人就像個孩子，見了護士，就恨不得她們多停留一下，和你說說話，病痛也像好一點似的。可惜她們都太忙了，匆匆來，匆匆去，這不能怪她們。她們有那樣多的病房要照顧。照著醫師的指示給病人吃藥，不能有絲毫的錯誤。日夜班輪流交替，她們的工作是相當辛苦的。她們一早進來，對我們笑咪咪地說一聲早，然後替我們鋪床，送早點，量體溫，數脈搏。問我們大便幾次，小便幾次。我笑著對她們說：「我感到真享福，在家裡，我永遠是替人鋪床的人，誰管你大便幾次，心跳幾下呢？」她們都笑了。真的，養病是一種享受。媽媽躺在病床上，連翻身都有困難時，你爸爸就顯得特別細心和氣，不像平時翹起二郎腿，只顧自己看報，媽忙昏了頭也沒他的事呢。

可惜人在福中不知福，儘管我可以一點心不操，但我總是惦記你爸爸和你的飲食。其實你爸爸很能幹，他會炒蛋，炒青菜，會買滷肝滷鴨。清潔工作，你要幫著做。你還算勤快，就是毛手毛腳。你爸說我不在家，你反而自發自動的做事，功課也不用他督促。可見媽媽平時替你做得太多，反而造成你的依賴性了。你是個男生，更應當有獨立精神。現在已日益長大，越發要為雙親分勞才是。

寫到這裡，媽媽不由想起你在燈下讀書的情景。有時我去上夜課，你爸爸也有事出去了。你一個人埋頭寫功課，你曾有一篇作文寫道：「一間黑黑的屋子，一盞黃黃的燈，一個小小的人兒，在燈下寂寞地寫著功課，那個人兒就是我，算術好難啊！爸爸都沒有功夫教我。」你爸爸大為欣賞你的文藝氣息，我卻為你這小小人兒的寂寞而感到萬分抱歉。人來到這世界，就註定得這般忙碌。一半為自己，一半為你熱愛的人類。你再長大點，就不會埋怨雙親沒有天天陪伴你了。

從現在起，你就得學習經得起困難，耐得寂寞。許多時候，我們是非得獨立奮鬥的。兒子，你懂嗎？

媽 媽 五月七日

三

楠兒：

現在是夜深二時，同室的病人都睡得很熟，我卻再也睡不著了。便悄悄地拉起布幔，在燈下給你寫信。剛才護士小姐進來給我打針，她輕輕按著我的額角說，「你有點出汗，在發燒呢。」她的聲音很柔和，圓圓的臉蛋兒，雪白整齊的牙齒，笑起來好甜。她的態度很和藹，叫人看了就會忘記病痛，一點也不像一般人所說的「冷若冰霜」的樣子。可說是真正的「白衣天使」。另外還有一位，長得皮膚雖沒她白，牙齒也沒她整齊，性情卻是一樣的溫柔，服務細心周到。每回進來量體溫打針，都是未說先笑。打針技術高明，藥水推得很慢，頻頻問你痛不痛。不像到府打針的小姐，三秒鐘就跑了。所以在我心目中，她們都是一樣的美麗。因為這種美麗是屬於內心的，與外表的美醜無關。我在想假如每個醫院每個護士都像她們這般和藹可親，每位醫師都像她們這般對病人沒一點架子，病人的病更將好得快，醫院更將充滿祥和氣象了。

外面走廊裡有輕輕的腳步。是一個病人病危，醫生來急救。但願上天保祐她能脫離危險。昨天早上就有一個病人不治去世。她是位老太太，她的白髮蒼蒼的丈夫，由兒女陪伴著坐在會客室裡。他們形容憔悴，滿面淚水，卻不便哭出聲來。老人捧著去世妻子的衣物，坐在椅上發呆。我看了心裡真難過。我問一位護士小姐，「你們常常看到這種情景，心裡有什麼感覺。」她說：「初作護士，當夜班時真怕，也替病人家屬難過。情形見多了，也就不覺得怎樣了。並不是我們缺少同情心，是因為我們的工作告訴我們，死者已矣，我們要集中心力，援救那些有希望醫治的病人。相反地，我們看到病人病癒出院，心裡萬分高興。」她的話很有道理，我們固然為死者悲痛，可是只悲痛是沒有意義的。我們必須積極地使生命活得健康，有作為。媽本來不願和你談這些關於生死的問題。我只是希望你懂得活潑健康的快樂，在充分的陽光空氣和雙親的照顧下，很快地長大。

生命的成長，是多麼神奇。你不是養了一對鴿子嗎？你看母鴿孵蛋時，何等辛苦。腹部美麗的絨毛都脫落了。公鴿每天都有一定的時間和母鴿換班，直到小鴿啄出殼來。拇指大小那麼一點點，軟綿綿，顫巍巍的小身體。你怎能相信，由於牠父母的撫育，會長大成一隻翱翔天空的壯健鴿子。餵飼的情形，你是看見的，大鴿用盡了全身的力氣，把吃到胃裡消化好的食物，反芻上來，吐在嗷嗷待哺的乳鴿口中。就這麼一天一天的，乳鴿長大了，毛羽逐漸豐滿了。然後大鴿再教牠飛。先是張開小翅膀輕拍著，慢慢兒越飛越遠，終於能平穩地盤旋在蔚藍的天空。大鴿子看自己的兒女長大了，快樂是無法形容的。你每天守著牠們長大，不也享受同樣的快樂嗎？

你爸爸告訴我，餵鴿子的玉米和豌豆，洒落在屋頂水泥縫中，承受雨水，長出芽來。你把它們種在一缽泥土中，幼苗已經長得很高了，你好高興。你每天上學前給幼苗洒水，放學回來給鴿子添飼換水，顯得非常耐心有恆，不像做旁的事，丟三忘四的。可見只要你集中精神做一件事，沒有做不好的。而且你懂得如何培育小生命，它們的成長，就是你的快樂。天地間充滿了生機，小小的一粒種子，會從岩石細縫中冒出綠芽來。所以我們要好好保護它，不要加以摧殘。這就是人類的基本精神——愛心。記得你爸爸有一次開玩笑說：「小鴿孵得太多了，把牠殺來吃掉。」你就跺腳大嚷：「爸爸，你養了牠，怎麼可以吃牠呢。」你連鴿蛋都不忍心吃，這就是仁慈的天性。媽並不希望你婆婆媽媽的，但仁慈心是每個人都應當有的。

我寫這信給你，是要你懂得，這個世界，充滿了雨露與陽光，禽鳥花木藉著它長大，人類更是如此。你就包圍在這溫煦的雨露陽光中呢。

媽　媽　五月九日

四

楠兒：

今天一大清早，同病房饒阿姨的先生就送來一束康乃馨，插在瓶子裡。原來今天是母親節。她十歲的女兒因自己不能來，一定要她爸爸代買這束花送給媽媽，祝媽媽身體快快健康。我當時真羨慕她有一個懂事的女兒，心想你雖比她大，卻是個男生，沒有她細心。十點鐘左右，你也隨著爸爸來了。爸爸手中也提著嫣紅的玫瑰花，原來是他同事送我的。你卻只是傻呼呼的站在床邊，喊了一聲媽媽，就伸手拿起茶几上一塊最大的巧克力蛋糕，三口兩口吃完就溜出去玩兒了。我對你爸爸說:「你看他一點也不懂得問問我病情。」你爸爸只是笑，彷彿對你這粗心大意的兒子還很得意的樣子。等你們走後，我才在枕頭下發現你給我的母親節卡片，封面是你自己畫的康乃馨， 裡面畫一顆心， 心裡寫了一首獻給我的「詩」，爸爸說你整整畫了一個下午，詩居然半文半白，像一首五言詩。「慈母口中語，句句為兒念，時時勉勵我，要我勇往前……」據爸爸說，老師改過幾個字，大部分是你自己作的。老師大為讚賞，還把它寫在黑板上給同學看。你能獲得這樣的鼓勵與榮譽，我真是高興。但願真如你詩中說的「日日求進步，永遠不懈怠」就好了。

今兒一整天，來看我的親戚朋友真多。還有一批一批的學生，送來一束一束的鮮花。現在我病床四圍都是花，除康乃馨以外，有夜來香、劍蘭、菊花、玫瑰。我把它分插在每位病友的床邊，大家分享。我們的病房真成了「花花世界」了。我想起古人有兩句詩:「維摩一室原多病，賴有天花作道場。」止是我現在的情景。維摩是維摩詰，是一位多病的居士。天花就是天女散花。把花撒落在病房中，美化了病房，病也好了。

媽媽因工作太忙，平時很少買鮮花，家中所擺的全是塑膠花，雖然逼真，究竟是沒有生命的。現在四圍佈滿鮮花，香氣撲鼻，在濃郁的芬芳中，我深深體會到濃郁的友情，我的心脹得滿滿的，太多友情，幾乎使我載都載不動了。

真的，我是悠悠閒閒的躺在床上，飲啜著友情。阿姨們給我送來熬得爛爛的排骨稀飯，滷肘子、滷肝和魚湯、雞湯還有果汁點心等等，我吃都來不及吃，都由你和爸爸分享了。說實在的，我們平時吃得哪有這麼講究呢？

更值得告訴你的，是謝阿姨送給我一尊小拇指大的象牙佛像，我如獲至寶似的，把祂放在枕邊，念著佛號，可以安心入夢。鄰床的陳阿姨是位虔誠的基督徒，她笑問我，真奇怪，你為什麼要向一具偶像膜拜呢？我說：「這不是拜偶像，而是信仰的象徵。正如你跪在床前，仰臉向主耶穌祈禱，心中一定也顯現出一尊耶穌仁慈的形像，這境界是一樣的。」她笑著點點頭，我們沒有展開辯論。我和她雖然各有信仰，可是內心的虔誠是一樣的。她真是位標準的基督徒。每天早上一定伏在床邊低頭祈禱，然後讀一段《荒漠甘泉》，才出去散步。她告訴我她的病是死裡逃生，一切都是上帝的安排。所以她一點也不恐懼。她現在幾乎完全康復了。我默默祝福她，也萬分欽佩她信心的堅定。信心可以產生力量，克服一切困難。

病中使我體會到許多真理，享受了充分的友情，也更使我有時間設身處地想到別人。同病房的另一位病人尹老師，她患有嚴重的心臟病。加以半身麻痺，行動極為不便。可是她並不愁眉苦臉，看去非常樂觀，跟我們有說有笑。最使我敬佩的是她非常堅強，獨立。靠著一根拐杖，她自己慢慢摸進浴室洗澡，不要人幫忙。她說她必須訓練自己克服困難，不能老是依賴旁人。這一份毅力，一定可以使她康復。可是有時候，我看她一個人坐著，對著半枯萎的花發呆，或是低頭望著自己半殘廢的左手臂左腿時，我真為她難過。她在想什麼呢？是不是在惦念遠在家裡的孩子們，還是擔心學校的課業呢？我們三個人的病，痊癒了就可以出院，可是她的病是不會很快痊癒的。她的丈夫遠在谷關，是一位校長，不能常來看她。有一天來看她，她一見他就哭了。儘管她跟我們笑，見到親人，她還是哭了。看她哭，我也忍不住眼淚。我擔心她往後漫長的時日，以半殘廢的身體，如何肩挑家務和職業的重擔呢？她的先生一面為她修剪指甲，一面和她喃喃絮語，疾病中，越發見得親情的溫厚。

我雖慶幸自己很快可以痊癒出院，卻不由得時時想到她艱難的來日，而感到心情有點沉重。於是我捧起枕邊的菩薩像，虔誠祝她早日康復，我們雖只有兩個星期的相處，可是人類是應當相互關切的。

我告訴你這些，只為希望你知道，世上總有許多痛苦和折磨，自己的要忍受和克服，旁人的要關切與同情。

醫師告訴我，創口進步得很快，也許再過幾天就可出院回家。我恨不得就是明天，未進醫院前，我滿心想多住幾天，真正丟下一切家務，休息一下。誰知一進醫院，無時無刻不想念你。正如你說的，「媽媽看見我就生氣，看不見我就想念。」你這個小淘氣，可真折磨人呢。

媽　媽　五月十日

病中雜記

第一次住醫院回來時，兒子居然問我：「媽媽，你還要不要再去住？」多傻！他當醫院是住著玩兒的。沒想到他的話不幸而言中，我真的又躺回到醫院的病床上了。

病，固然給身體一些折磨，心靈上卻有不少收穫；何況席夢思床墊，海棉大枕頭，軟綿綿地，讓我躺著休息，比起辦公和做家務忙得電風扇似的團團轉，真是享福太多了。好像是蘇東坡有兩句詩 ，「因病得閒殊不惡 ， 安心是藥更無方。」「安心」二字，真是不二良方。醫師也勸病人少服安眠藥或止痛片，安心便能入睡。高僧智者大師說：「但安心止在病處，即能治病。」又說：「息心和悅，眾病即差。」我反覆地默念，體味其中妙理。既然已經病了，就只好安心地病；和悅地享受病中的親情友誼，也正是無上福分呢。

同屋的一位病人，病情比我嚴重得多。真佩服醫生手中的刀，像黃河改道似的，把她的直腸出口移到腹部。手術整整三小時，她的先生、孩子、親友，心情焦急沉重地守候了最長的三小時。聽她一聲聲痛楚的呻吟，卻無法替她分擔。真的，最愛她的親人，也無法替她負擔肉體的痛苦。深通佛學的葉曼大姐來看我，她慢條斯理地說：肉體的痛苦，即使是道行再高深也無法避免。達賴喇嘛患癌症，醫生問他痛苦能忍受嗎？他說「痛是很痛，但我能忍受，因我自有不痛者在」。這個哲理太深奧，我領會不了。我卻相信一切皆有數定。比如我這副臭皮囊，得挨大夫兩次刀，也是數定，所謂「若問前世因，今生受者是」也。

×　　　×　　　×

一搬進病房，就聽到咪唔咪唔的貓叫聲。一隻半大不小的花貓搖搖擺擺地走進來。我高興地招呼牠一聲，牠就縱身跳上我的膝頭，冰涼的鼻尖幾乎碰到我的臉頰。若是不喜歡小動物的人，真會緊張得叫起來，而我卻受寵若驚，認為這隻貓一定跟我特別有緣。護士小姐說，這是一個病人捉進來的野貓，而且被寵得不成樣。醫院非住宅，如何可以養貓。我真高興，十步之內竟有同好。大概那個病人出院了，貓感到寂寞，第六感使牠又找到一個新朋友。可是我怕打攪同室的病人，不便留牠。一週後搬了病房，我就非常想念牠，希望牠惠然而至，解我寂寞。真是心有靈犀，可愛的花貓在傍晚時就咪唔咪唔叫著來了。牠跳上窗檯從裡面望，病床正靠窗邊，我輕聲對牠說：「現在不行，護士小姐會生氣的，等天黑後再來好嗎？」牠似懂非懂，瞇著眼睛溫柔地望著我；我打開紗窗，遞給牠一撮香噴噴的魚鬆拌飯，牠就著我的手心吃了，蹲下來咕咕咕的念起經來。護士小姐進來量體溫，指著牠笑罵，「你真討厭。」牠就一溜煙的跑了，我有點悵然。

夜深醒來，傾耳細聽，斷定我的小朋友已經來了，因為有爪子在抓紗窗。窗子裡面的魚鬆香味牠沒有忘記，我伸手開啟紗窗，放牠進來，牠一下子就跳上了雪白的床單，大模大樣的躺下來睡覺了。我想，這一定是牠的老規矩，本來睡這張床的病人一定就是以這種方式接待牠的。所以牠登堂入室，毫無畏縮，並不是跟我有特別的緣分。但不知那位病人，只是生性愛貓呢，還是因為很寂寞孤單，內心有無可填補的空虛，寧願找一隻貓兒作伴呢？人，總是有感到寂寞孤單的時光的，有時連最親的親人也無法了解你；任何言語也無法表達那種感受，倒不如和一隻不會說話的貓默然相對，反而有相知在心之感。這位病人已經走了，貓不懂得念舊，不懂得送往迎來，也就不會有什麼悵惘之情。這樣看來，人反不如貓呢！

× × ×

早睡是住院一大享受。天公又特別作美，一連下了幾天的雨，對我這個愛雨的人來說，真是一種恩賜。夜深隔著窗兒聽雨，不用擔心明天起來晚了趕不上交通車，也不用操心燒什麼菜款待丈夫和孩子。扭開蔚藍的床頭燈，一卷在手，正可補讀忙中未讀之書。我知道這是一種逃避責任的心情，可是人真是老牛破車似的，拖到拖不動了，為什麼不能偷一下懶，讓自己轉口氣呢？二十年來，我一直是這般的奔忙、勞累，我為什麼不能停下來喘息一下呢？兩次的住院，見到嬰兒的出生，見到衰病者的死亡，人生的兩頭距離是這麼短，有什麼是值得笑，值得哭的呢？窗外一隻被人丟棄的破鉛桶，雨點打在上面叮叮咚咚的，是美妙的音樂，也是負號的音符，一聲聲劃向生命的終站。哪一個人能叫時間停留呢？

矮牆外的夾竹桃被路燈照耀著，扶疏的花影洒落在我床邊深綠色的布幔上，這個世界原是非常美麗的。我又想起蘇東坡在一篇和友人賞月的文章裡說：「何處無月，何處無竹柏，但少閒人如我兩人耳。」大自然的美景，隨處隨時皆有，只是沒有時間欣賞。我現在總算有點時間，就儘量欣賞吧。

早起看窗外碧綠的枝頭結著一個大大的蜘蛛網，晶瑩的雨珠洒在網上，正是一幅天然的美景。網中心是空的，蜘蛛一定是覓食去了。不到一會兒，我再抬頭一看，蜘蛛網已經被工人的掃帚破壞無遺，覓食歸來的蜘蛛又得辛苦重建牠的住處。牠固有百折不撓的精神，卻哪裡知道這個世界的相生相剋是如此劇烈，萬物並不能各得其所呢。

× × ×

一位溫柔的護士小姐，知道我再度住院，她老遠的捧著花來看我。我問起一直在懷念中的幾位病友，她一一告訴我她們的病情。可是談到一位施太太時，我們黯然了。她患的是極嚴重的心臟病，醫師為她動完大手術後，在恢復室中只微微張開一次眼睛，就沒有再醒過來。她就此和她的親人，和這個世界永別了。

我和她只有短短十餘天的相處。她是杭州人，我們互敘鄉情，分外親切。我出院的上午，她在我小冊子上寫下姓名，要我一定寄一本我自己寫的書給她：因為我那些寫故鄉童年的短文，可以慰她病中的鄉心。我平時筆懶，但這次一到家就寄給她書和一封信。三天後，我收到她的回信。娟秀的字體，優美的文筆，絲毫沒有病人衰弱的跡象。她寫道：「你給我的書，使我在開刀的前夕保持了心情的平靜；你所描寫的幼年以及杭州的一切，使我想起自己的幼年和當時幸福的片斷，給這不幸的開刀者增強了不少勇氣。既曾有過快樂的時光，當然也該嘗嘗痛苦的滋味；這樣，人生或許還圓滿些。住院一個多月，最大的收穫，無過於看病友們從呻吟煎熬到健康愉快而出院。幸運的是滿載著友情……」抄錄至此，我已是滿眶淚水。當時我讀此信時是多麼快慰興奮，為自己得到了這份深厚的友情，更為她在開刀前夕能有如此愉快寧靜的心情給我寫信。我預祝她的手術順利，打算在一週後她離開恢復室時就去看她。誰知沉疴竟不起，大夫空施刀圭。她被隔離在恢復室中，無聲無息地去了。究竟是何時何刻停止心跳和呼吸，醫師們可曾確定呢？她給我的信中，沒有喪氣，沒有讖語，我不相信那樣充滿仁慈與信心的人會在剎那間便離開人世。她說願意承當痛苦的滋味，她上了麻藥，肉體與精神都沒什麼痛苦；不堪痛苦的是她的丈夫與兒女，傷心的是她的親友。她說幸福的是看著病友健康出院，可是她自己卻不曾出院。一座醫院中，有多少病人病癒出院，卻又有多少病人被推向蒼白的長廊，送進淒冷的太平間。人生真是如此奄忽嗎？我與她相識僅二週，彼此相契不在時間長短，她給我這第一封信也是最後一封信。我因自己再次開刀不能早日去看她，生死禍福豈得由自己把握。想起蘇東坡悼友人的詩云：「三過門間老病死，一彈指頃去來今。」彈指之頃，幽明異路，東坡是個飽經憂患而悟道的人，我們於無可如何中也只得以禪理自解了。《維摩詰》「問疾章」云：「起時不言我起，滅時不言我滅。……觀身無常，苦空非我，是名為慧。」

但願於病痛憂患中體驗人生，不起怨恨憎怒念，以一身所受推憫大眾之苦，那就是疾病給我靈魂的啟迪了。

算　盤

我童年時代的「電動玩具」，就是一架算盤。算盤是阿榮伯收租時用的，後來買了新的，就把舊的送給我了。每天早上，我把算盤翻過來，放在水門汀地上，把《千家詩》、《女誡》、《孟子》、不倒翁統統擺在裡面，用繩子牽著當火車開。火車開到書房，我就得上課了。所以我讓火車慢慢兒開，故意繞著彎兒走，算盤在不太平坦的石板路上一跳一跳的，不倒翁也一跳一跳的。我嘴裡背著順口的《千家詩》：「春眠不覺曉，處處聞啼鳥——」心裡擔憂《女誡》、《孟子》沒背熟，老師會打人的。有一次，我結結巴巴地背「孟子見梁惠王，梁惠王——」第三個梁惠王還沒出來，紅木茶杯墊子已經飛過來，正打在我的眉毛骨上，起了個大青包。我咬著牙沒讓眼淚掉下來，眼淚一掉下來就會哭個沒完，下了課老師就不講故事給我聽了。所以我寧可勤快點把書背熟了，功課完畢以後，老師高興起來，還會教我打算盤的減法。我已經從母親那兒學會了加法，她的口訣是「一上一，二上二，三上加五下落二，四除六進一十……」從一加到一百我都會。母親要我學會打算盤，好幫她記賬，記賬我可真不喜歡呢。

大算盤擺在書桌上，我念一遍書，把子兒推上一枚，手指頭順便點一下不倒翁，不倒翁就笑瞇瞇地搖擺起來。我也搖擺著背書，等他搖擺完了，第二下又點過去了。這樣背書，我才不會打呵欠。老師不在時，我就一個人玩算盤棋。左邊的六個子兒走到右邊，右邊的六個子兒走到左邊。自己贏了，自己又輸了。玩著玩著，就感到寂寞起來。又把算盤翻過來，摺一張四方桌、兩張椅子放在上面，把它當輪船，不倒翁當船長。推過來又推過去，這樣雖也沒什麼好玩的，卻總比作文習大字好。想起大哥在北平，一定有很多很多的玩意兒，他回家時會給我帶真正冒煙的小火車小輪船，不倒翁比這個漂亮，還有會眨眼睛的洋娃娃。他寫信告訴我，要送我一架閃亮閃亮的黃銅小算盤，那是爸爸給他的十歲生日禮，他常常用擦銅油一擦就雪亮。

可是大哥永沒回來，我的玩具仍舊只有這舊算盤。有一次五叔背〈赤壁賦〉，把〈前赤壁〉裝在〈後赤壁〉上，老師來不及找棍子，順手拿起我的算盤扔過去，五叔躲進桌子下面，算盤掉在地上，框子散了，子兒滴溜溜滾了一地。五叔在桌子底下直伸舌頭，我就大哭起來。老師繃著臉說：「哭什麼，我給你修好就是。」老師心裡疼我，就是表面兇。兩天後，他從城裡買來一架嶄新的算盤給我，紅木架子，牛角做的珠子，好漂亮。他說：「你那架太舊修不好了，我給你買新的，你好好學會珠算，將來好當家。」我才不要當家呢，看媽媽當家好苦，一天到晚在廚房裡忙，連廟戲都沒功夫去看。

而且我也不喜歡算術，十擔租穀多少錢，一百擔租穀多少錢，算它幹嘛呀？我的算盤是用來玩的，我把吃奶的小貓咪都放在上面推，牠跌倒了又爬起來，阿榮伯說跌倒了馬上爬起來的是老虎貓。可是老師罵我虐待小動物，氣起來就把新算盤鎖在抽屜裡了。收走了也好，我既不喜歡學珠算，還是玩我的舊算盤，阿榮伯已經幫我紮好了。

後來到了杭州，媽媽沒讓帶舊算盤。杭州的百貨商店裡，有各種各樣新鮮的玩具。可是我已經是中學生，長大了，大人不給我買，我心裡雖想，也只好算了。只是有一回，在一家叫做商品陳列館的玻璃櫃臺裡，看見一架玲瓏小巧的銅質算盤。珠子閃亮閃亮，我陡然想起大哥答應送我的小銅算盤一定就是這樣可愛的，我呆呆地釘在櫃臺前不捨得走，請店員取出來給我看，用手摸摸光滑的珠子，又讓他收回去。第二天我又跑去看。那一排商品陳列館在一幢破舊的樓房裡，四面走馬廊，空空洞洞，冷冷清清，沒有什麼生意，這間銅器店也是灰撲撲的沒人過問。我卻一直站在那兒看。銅質小燭臺，小香爐，小水煙筒，都很好玩，最可愛的還是小算盤。走馬廊裡冷清清的感覺，使我想起在家鄉時一個人玩算盤的寂寞滋味。我想如果大哥不死，我不會那麼寂寞，而且我一定已經有了銅算盤了。不知怎的，我眼裡充滿了淚水，踽踽地走回家，始終沒有要求大人給我買那架銅算盤，第三次去看時，已經被別人買走了。

如今回想起來，從稚齡到中年，跟我最沒緣分的是數目字。可是我卻喜歡算盤，它在我心目中永遠是一件會動的可愛玩具。一個人的時候，我常常撥著子兒聽嘀嗒之音，或走著算盤棋排遣寂寞。也常常背母親教我的口訣，從一加到一百。最可欣幸的是二十多年的公務員生涯，一直不必跟數目字打交道。可是人生的機運不得由自己把握，做夢也沒有想到，我會在服務公職最後的一年中，被指定每天得手捧算盤審核賬目。幾十萬幾百萬的數字從賬簿上一格格地倒數上去，又從算盤上一顆顆子兒順數下來。用的仍舊是母親教的加法，老師教的減法。錯一位，全部錯，又得重新再加再減。收入賬、支出賬、傳票、支票……頭暈眼花中，想起了母親的辛勞，和阿榮伯的勤懇。如今自己也戴上老花眼鏡，再也不能像幼年時點著不倒翁背《孟子》，拿算盤當火車輪船開了。何況人來到這世界，就得工作，就有責任，我又怎麼能專揀自己喜歡做的事做呢？

幸得沒等到學會乘除法，我已經屆滿自願退休年資了。交卸完了工作以後，我在辦公桌前坐下來，撥弄著沉甸甸的算盤，想起童年時載著不倒翁在石板路上爬行的舊算盤，和杭州商品陳列館裡的銅質閃亮小算盤。數十年光陰，如飛而逝。對著這架困人的「公務算盤」，反而有一份依依不捨的親切之感了。

故鄉的江心寺

我的故鄉永嘉，有不少名勝古蹟，而以城郊江心寺最引我的思鄉之情。

江心寺是一座古剎，在城北甌江中的孤嶼山上。是唐懿宗咸通年間所建。它雖是一處具有千餘年歷史的古蹟，但因地處江心，江流較急，且當時沒有觀光事業這回事，岸邊沒有裝點得雅致舒適的輕快小汽船招徠遊客，擺渡全靠緩慢的小舢板，所以去江心寺遊覽的人並不太多。

我因多年作客在外，每次回鄉都只匆匆小住。滿以為自己的故鄉，遊山玩水，正是來日方長，詎料赤禍橫流，有家歸不得，連聞名天下的雁蕩名山，都無緣一遊。與同鄉們嘆息「不遊雁蕩是虛生」，而像這樣虛生的竟不止我一人。所以每看電視中的「錦繡河山」節目，焉得不感慨萬千呢。

我遊江心寺也只有一次，那是在抗戰剛勝利的第二個月，趕赴杭州前，經過縣城，急匆匆去兜了個圈兒。我們搭舢板沿江岸的上游斜著划進，約四十分鐘，配合水流向下的速度，正好可漂到島嶼的埠頭。一上岸便見繁花雜樹，別有天地。抗戰期中，永嘉城曾先後被日軍佔領兩次，在國軍守衛之下，也時遭日機空襲轟炸，這孤另另的江心寺竟能留一片清淨地，未被摧毀，也可說佛法無邊。寺院中僧侶只有十幾位，自方丈以下，都是慈眉善目，和藹可親。看他們芒鞋短褐，過的是極清苦的生活。建築也沒有像佛教勝地的大寺廟那麼殿宇軒昂，金碧輝煌。但各處都顯得非常整潔幽靜，大殿莊嚴肅穆。最難得的是僧人們那一份款切而脫俗的神情。於爐煙繚繞的鐘磬聲中，予人以世外桃源之感。

據史載南宋高宗為避金兵追擊，從寧波取道海路至溫州，在江心寺駐蹕。沒想到小小的寺院，曾印有帝王興衰的遺跡，這是知客僧津津樂道的掌故。寺中有一副即景的對聯，是南宋永嘉狀元王十朋的手筆。凡遊過此處者都能記憶。這副巧對是：「雲朝朝，朝朝朝，朝朝，朝散。潮長長，長長長，長長，長消。」上聯第一三四六八之朝字為朝夕之朝，第二五七之朝字為朝見之朝。下聯第一三四六八之長字為長久之長，第二五七之長字為生長之長。中國文字的遊戲，可謂極盡巧思。如以今日的觀光導遊，解說給外國人聽還著實不容易呢。

寺的右邊是文信國公祠堂。南宋末年，丞相文天祥於國運垂危之際，與陸秀夫、張世傑等在此倡義勤王，不幸兵敗，為金人所執而殉國。我鄉人為紀念一代忠臣，乃在此建立祠堂供後人瞻仰。我俯仰其間，又望著祠堂前碧藍的悠悠江水。想起抗戰期間有多少烈士殉國，終於爭取到最後勝利。對於大義凜然的民族英雄，越發肅然起敬。當時總以為日月重光，烈士的鮮血沒有白流，誰知曾幾何時，河山又會再度變色呢？

寺僧特為汲取井中清泉，沏一壺香茗敬客。他告訴我們井底的泉水是迴漩的，故稱「回頭水」，飲了此水，不但本鄉人出外不忘故土，就是異鄉遊客來此，飲了這一盞清茗，也會生無限留戀之情。

這話一晃眼已將近二十年，二十年中，我無時不望再飲江心寺的回頭水，更願此身能幻化為井底清泉，迴漩地流回故鄉。

憶姑蘇

如果把杭州比作明眸皓齒的十六七佳麗，那麼古色古香的姑蘇就是慵懶的徐娘。她鉛華不施，卻風韻自存。她名勝古蹟雖也不少，卻不像杭州的那般吸引人。你如一次再次的去，俯仰其間，也會產生一份知己之感。杭州人說「玩在杭州，住在蘇州」，也是一句實在的話。

我在蘇州一年，住在中學同學盧君家中。他的房子大而舊，經年不加修葺。矮矮的藏在深巷之中。圍牆高，大門低，過大門二門以後，方見迴廊曲檻，院落深深，池塘假山，都已年久失修。遇到陰雨天，便給人一種蒼涼之感。那幢房子佔地數百坪，卻只稀稀落落地住著兩家十餘口，過著與世無爭的生活。比起今日的臺北寸土寸金，公寓洋樓把人夾在當中，顯得侷促而渺小。因此也格外懷念那一段懶懶散散的歲月。

蘇州的特色是沒有汽車，只有鈴聲叮叮、蹄聲得得的馬車。全城也沒有一條柏油馬路。市中心一條最熱鬧的觀前街是用整齊的長方小石塊砌成的，平坦光滑。在路邊慢慢散著步，絕不用擔心超音速的五十西西機車或計程車會撕去你一片耳朵或帶走你一條腿。觀前大街因一座冷清清的玄妙觀而得名。觀裡擺著的幾處小攤，灰撲撲的無人過問。比起上海南京路上的紅廟，差得太遠。倒是觀前街的糖菓店和小吃館子很發達，點心如小籠包、餛飩還不及杭州知味觀的可口。只有軟軟的松子糖，和玫瑰瓜子，人人都愛。蘇州人最懂得消閒，坐茶館、進澡堂、吃小吃、嗑瓜子，便悠閒地送走一天。所謂早上皮包水（喝茶），晚上水包皮（泡澡）。此外就是打麻將。那種日子，離我們已太遠太遠。工業社會中的現代人，做夢也別想了。

虎邱是蘇州郊區最著名的古跡，山門前有一長方形的池，池邊一排兩口井，據說這池是老虎的口，井是老虎眼睛。進山門一條筆直的石子路是虎脊，寺後一座塔是虎尾，整個虎邱山即是一隻匐伏的虎。劍池是虎邱勝蹟，池旁石壁，宋明雕刻甚多。「虎邱劍池」 四字相傳原為唐顏真卿手筆。可惜「虎邱」二字年久剝蝕，明朝名雕刻家章仲玉重新鉤摹此二字置於「劍池」之旁。蘇州人所謂「真劍池假虎邱」即指此處而言。池上有石橋名雙吊橋，橋正中有兩口井，名為七上八下的雙吊桶。據說是西施梳妝時的鏡子。遊人競向井口顧盼，可是池裡沒有水，只有荒煙蔓草，供人憑弔。與劍池相對的是一片平坦的石臺，相傳吳王夫差葬女，活埋了一千名宮女在此石下，故名千人石。千人石亦即生公說法的臺，點頭的頑石就兀立在臺的對面。

上石階右轉是孝女珍娘墓，再向前是西子浣紗之處。那兒地勢頗高，又無溪流痕跡，正不知當年西子是怎樣浣紗的。向左轉有幾塊大石，是西子的梳妝臺，登石階最高處是冷香閣，清末南社詩人柳亞子等即於此處結社。早春時節，梅花盛放，冷香入室，登樓品茗，憑闌遠眺，整個姑蘇城懶洋洋的躺在春陽裡。那情景與在杭州城隍山上，望平波似鏡的西湖，依稀相似。

城裡的名勝是獅子林，假山石堆砌，連綿百餘個，進去如入迷宮。臺灣的公園還沒有這麼精巧的建築。池旁有一條石船，船中艙位佈置雅潔，宛如西湖畫舫，外形卻像北平頤和園的石船。正中一座大茶廳，遊人擁擠，座無虛席。可是比起杭州的平湖秋月，就沒那麼遼闊的視野了。

我最歡喜的倒是冷落的滄浪亭。此亭是宋代與歐陽脩同時的文學家蘇子美貶居蘇州時，所建的讀書遊樂之處。因千餘年失修，亭池花圃已是一片荒涼。這兒很少遊人駐足，與獅子林相比，自有「天寒翠袖薄，日暮倚修竹」的遺世獨立的風格。我時常和同學盧君帶一包瓜子到這兒來，一坐便是大半天，彼此不說話，默默地領會靜中之趣。尤其是微雨天，山石上碧綠的青苔，浸潤得你的心更靜。

比滄浪亭更為荒涼寂寞的是城外的寒山寺。它也因千餘年的失修，已沒有巍峨的殿宇，只刊著唐人張繼「姑蘇城外寒山寺，夜半鐘聲到客船」詩句的石碑，伴隨著芳草斜陽。最可惜的是唯一值得紀念的古鐘已被日人竊去，現留的只是一口假鐘了。何日大陸光復，那富有歷史意義的古鐘，也物歸原主，我真想也來一次楓橋夜泊，聽一聽夜半鐘聲。

盧與我都信佛，所以對城外的靈岩寺非常嚮往。靈岩寺建築宏偉莊麗，是高僧印光法師坐關虔修之處。密室內供有他火化後的舍利子塔，凡欲去膜拜的，必須換去皮鞋，沐手焚香，在塔前頂禮膜拜。據說與佛有緣的，看見舍利子呈透明的白色或金黃色，否則即呈灰暗色。佛堂裡蒲團上有一個印跡，是印光法師多年膜拜，前額印上的油跡。定睛細看，有點像法師披袈裟合十的形象，於是這個蒲團也就成了寶貴的紀念物了。進裡一間套間是法師的臥室與讀經之處，案頭經卷木魚，拂拭得一塵不染。床上一條蓆子，一方薄布被，與一張木板櫈當作枕頭。想見佛門弟子苦修的精神。

在蘇州一年，因為工作輕鬆，遊玩成了我們的主要科目。幾乎沒有一個週末，不是跑路跑酸了腿，磕瓜子磕破了舌尖。歲月匆匆，與盧君一別二十年，音塵阻絕。古人詩云：「慢云小別只三年，人生幾度三年別。」三年尚且不易，那麼人生又能有幾個二十年呢？

南湖煙雨

南湖在浙江嘉興南城外，是浙江省風景僅次於杭州西湖的一座名湖。嘉興位於滬杭甬鐵路的交叉點，是兵家必爭的「四戰之地」，所以中日戰爭期間曾遭日軍猛烈轟炸。我於抗戰勝利後的第二年初夏遊南湖。浩劫後的湖山創痍滿目，幽美的江南水鄉尚未恢復舊觀；如今是何景象，更不可知了。

南湖的特色，是萬縷千條的垂柳隨風飛舞，飄起了如棉的柳絮，籠罩著湖中央孤另另的煙雨樓。煙雨樓，顧名思義是綿綿不斷的煙和雨。所以宜於雨中遊，尤宜於暮色蒼茫的雨中遊。攀登樓上，倚著欄杆，面對鬱沉沉的湖水，就有隔絕於塵世之外的感覺。愛繁華熱鬧的人，寧可遊杭州繁花似錦的汪莊、劉莊，不會喜歡這冷清清的煙雨樓的。可是我本來是個愛雨成癖的人，所以特別喜歡煙雨樓的一份冷清，那一年也是選的雨天去遊的。

南湖的船，不像西湖的畫舫裝點得漂亮，只是簡簡單單的兩把長椅，當中一張小桌也沒鋪上桌布。我靠在椅子裡，叫船孃揭去布篷，讓細雨紛紛撲面；湖風吹來，頓覺俗念俱清，真有蘇東坡的「一簑煙雨任平生」的逍遙之感。傍晚時分，湖上除了我這孤單的遊客以外，還有遠處的漁人在捕蟹，近處的小姑娘在採菱。看漁人把撒下的大網漸漸放緊，一隻隻肥碩的螃蟹都落入簍簍中，對橫行的無腸公子，我不禁起一份憐憫之情。螃蟹與菱角都是嘉興名產，而無角菱尤為南湖特有。採菱的姑娘都坐在木桶中，飄浮湖面，雙手在水中輕便地提起一串串帶枝葉的菱，採下菱，枝子仍扔回水中。菱有紅綠兩種：剛出水的脆嫩清香，兩角圓圓的像一隻元寶；風乾以後呈深褐色，菱肉仍很甜美。湖上採菱，是一幅美麗的圖畫，可惜我不能把它畫下來。

南湖又稱鴛鴦湖，據說是因為湖中多鴛鴦得名。清代的詩人吳梅村有一首〈鴛鴦曲〉，起首四句便把南湖勝景描繪得非常具體：「鴛鴦湖畔草粘天，二月春風好放船。柳絮亂飄千尺雨，桃花斜舞一溪煙！」

在煙雨樓上，遠遠看嘉興的黃昏燈火市，更有一種從冷靜中看繁華的超然物外之感。至於如吳詩中所描寫的「水閣風吹笑語來」、「滿湖燈火醉人歸」的情景，我倒未曾領略，也無心領略，因為我所嚮往的是淒迷的煙和雨。

西湖憶舊

我生長在杭州，也曾在蘇州住過短短一段時期。兩處都被稱為天堂，可是一樣天堂，兩般情味。這也許因為「錢塘蘇小是鄉親」，杭州是我的第二故鄉，我對它格外有一份親切之感。平心而論，杭州風物，確勝蘇州。打一個比喻，居蘇州如與從名利場中退下的隱者相處，於寂寞中見深遠，而年輕人久居便感單調少變化。住杭州則心靈有多種感受。西湖似明眸皓齒的佳人，令人滿懷喜悅。古寺名塔似遺世獨立的高人逸士，引人發思古幽情。何況秋月春花，四時風光無限，湖山有幸，靈秀獨鍾。可惜我當時年少春衫薄，把天堂中歲月，等閒過了。莫說舊遊似夢，怕的是年事漸長，靈心遲鈍，連夢都將夢不到了。因此我要從既清晰亦朦朧的夢境中，追憶點滴往事，以為來日的印證。若他年重回西湖，孤山梅鶴，是否還認得白髮故人呢？

居近湖濱歸釣遲

我的家在旗下營一條鬧中取靜的街道上。街名花市路，後因紀念宋教仁改名教仁街。這條路全長不及三公里，而被一條浣紗溪隔為兩段，溪的東邊環境清幽。東西浣紗路兩岸桃柳繽紛，溪流清澈。過小溪行數百步便是湖濱公園。入夜燈火輝煌，行人如織。先父卜居於此，就為了可以朝夕飽覽湖光山色之勝。他曾有兩句詠寓所的詩：「門臨花市占春早，居近湖濱歸釣遲。」父親不諳釣魚之術，卻極愛釣魚。春日的傍晚，尤其是微雨天，他就帶我打著傘，提著小木桶，走向湖濱，僱一隻小船，蕩到湖邊僻靜之處，垂下釣線，然後點起一支煙，慢慢兒噴著，望著水面微微牽動的浮沉子而笑。他說釣魚不是為了要獲得魚，只是享受那一份耐心等待中的快樂。他仿著陶淵明的口吻說：「但識靜中趣，何須魚上鉤。」他曾隨口吟了兩句詩：「不釣浮名不釣愁，輕風細雨六橋舟。」我馬上接著打油道：「歸來莫笑空空桶，酒滿清樽月滿樓。」父親拍手說「好」，我也就大大地得意起來。

西湖十里好煙波

夏夜，由斷橋上了垂柳桃花相間的白公堤，緩步行去，就到了平湖秋月。憑著欄干，可以享受清涼的湖水湖風，可以遠眺西湖對岸的黃昏燈火市。臨湖水閣中名賢的楹聯墨蹟，琳瑯滿目。記得彭玉麟的一副是：「憑欄看雲影波光，最好是紅蓼花疏，白蘋秋老；把酒對瓊樓玉宇，莫辜負天心月老，水面風寒。」令人雒誦迴環。白公堤的盡頭即蘇公堤，兩堤成斜斜的丁字形，把西湖隔成裡外二湖。兩條堤就似兩條通向神仙世界的長橋。唐朝的白居易和宋朝的蘇東坡，兩位大詩翁為湖山留下如此美蹟，真叫後人感謝不盡。外西湖平波似鏡，三潭印月成品字形的三座小寶塔，伸出水面。夜間在塔中點上燈，燈光從圓洞中透出，映在水面。塔影波光，加上藍天明月的倒影，真不知這個世界有多少個月亮。李白如生時較晚，趕上這種景象，也不至為水中撈月而覆舟了。

六月十八是荷花生日，湖上放起荷花燈，杭州人名之謂「落夜湖」。這一晚，船價大漲，無論誰都樂於被巧笑倩兮的船孃「刨」一次「黃瓜兒」。十八夜的月亮雖已不太圓，卻顯得分外明亮。湖面上朵朵粉紅色的荷花燈，隨著搖蕩的碧波，飄浮在搖蕩的風荷之間，紅綠相間。把小小船兒搖進荷葉叢中，頭頂上綠雲微動，清香的湖風輕柔地吹拂著面頰。耳中聽遠處笙歌，抬眼望天空的淡月疏星。此時，你真不知道自己是在天上還是人間。如果是無月無燈的夜晚，十里寬的湖面，鬱沉沉的，便有一片煙水蒼茫之感。

圓荷滴露寄相思

荷花是如此高尚的一種花，宋朝周濂溪贊它出污泥而不染。它的每一部分又都可以吃。有如一位隱士，有出塵的高格，又有濟世的胸懷。所以吃蓮花也不可認為是煞風景的俗客，而調冰雪藕，更是文人們暑天的韻事。新剝蓮蓬，清香可口，蓮心可以泡茶，清心養目。蓮梗可以作藥。詩人還想拿藕絲製衣服，有詩云：「自製藕絲衫子薄，為憐辛苦赦春蠶。」如果真有藕絲衫，一定比現代的什麼「龍」都柔軟涼爽呢。倒是荷衣確是隱者之服，詞人說：「新著荷衣人未識，年年湖海客。」我想只要能泛小舟徜徉於荷花叢中，也就是遠離煩囂的隱士了。

寫至此，我卻想起了荷花中的一段故事。那一年仲夏，我陪著從遠道歸來的姑丈，和見了他就一往情深的雲，三人蕩舟湖上。從傍晚直至深夜，大家都默默地很少說話。小几上堆了剛出水的紅菱，還帶著綠色莖葉，雲為我們一一地剝著紅菱。她細白如蘭的手指尖，與鮮嫩的紅菱相映成趣。船兒在圓圓的荷葉之間穿來穿去，波光蕩漾中，雲嬌媚的面容有如初綻的紅蓮。她摘下一片荷葉，漂在水面，水珠兒紛紛滾動在碧綠的絲絨上。我伸手去捉時，它們就頑皮地從手指縫中蹓跑了。雲說：「誰能捉住水珠呢？」姑丈說：「我們不就像這些水珠嗎？」她深湛的眼神注視了他半晌，低下頭微喟一聲，沒有再說什麼，沉默的空氣重重地壓著我的心。想想他們這一段無可奈何的愛，將如何了結呢？雲撿起一片藕，雙手折斷，藕絲牽得長長的，在細細的風中飄著。她凝視一回，把藕扔在水中，藕絲是否還連著，我就看不清楚了，只看見雲的眼中滿是淚水。

對岸五彩霓虹燈在閃爍，岸邊的世界依舊繁華，我們的船卻飄得更遠了。到了西泠橋邊，冷清清的蘇曼殊墓顯得更寂寞。這位「才如江海命如絲」的情僧，縱然面壁三年，又何曾斬斷情絲？否則他就不會吟「還君一鉢無情淚，恨不相逢未�時」的詩了。那時，我還是一個單純的高中學生，可是「人間情是何物」，卻已困惑了我，使我為旁人而苦惱。

我們捨舟登岸，從湖堤歸來，三人並肩走在柏油馬路上。儘管荷香陣陣，湖水清涼，我的心卻十分沉重，相信他們的心比我更重。姑丈忽然拍拍我的肩說：「希望你不要去捉荷葉上的水珠，那是永遠捉不住的。」他這話是對我說的嗎？

桂花香裡啜蓮羹

中秋前後，滿覺壠桂花盛開。在桂林中散步，腳下踩的是一片黃金色的桂花，像地毯，軟綿綿的，一定比西方極樂世界的金沙鋪地更舒適！濃郁的桂花香，格外親切。我那時正讀過郁達夫的小說《遲桂花》，文人筆下的哀傷，也深深感染了我。彷彿那可愛的女孩，正從桂花叢中冉冉而來。

桂花林中還產一種嫩栗，剝出來一粒粒都帶桂花香。滿覺壠一路上都有小竹棚，專賣白蓮藕粉栗子羹。走累了，坐下來喝一碗栗子羹，頓覺精神飽滿，齒頰留芬。

母親拿手的點心是桂花棗泥糕，所以我每回遠足滿覺壠，都要捧一大包撒落的桂花回來，供她做糕。留一部分晒乾和入雨前清茶中，更是清香可口。

不知何故，桂花最引我鄉愁。在臺灣很少聞到桂花香，可是鄉愁卻更濃重了。

同來此地乞清涼

我們母校之江大學，是國內聞名的名勝之一。它位於錢塘江邊，六和塔畔，秦望山麓。弦歌之聲，與風濤之聲相和，陶冶著每個人的襟懷。

清晨的江水是沉靜的。在山上，凝眸遠望，江上霧氛未散，水天雲樹，一片迷濛。晨曦自紅雲中透出，把薄霧染成粉紅色的輕紗，籠罩著江面。少頃，霧氛散開，江面閃著萬道金光，也給你帶來滿腔希望。

沉靜的江水，也有憤怒的時候，那就是月明之夜的洶湧波濤。尤其是中秋前後，錢江的潮水，排山倒海而來，蔚為奇觀。海寧觀潮，不知吸引了多少遊客。傳說錢江的潮頭有兩個，前面的是伍子胥，後面的是文種，春秋時代的兩位忠臣，把一腔孤忠悲憤，化為怒潮。吳越王錢鏐曾引箭射潮，卻不曾把潮頭射退，稱雄稱霸者又何能敵得過大自然？

六和塔是杭州三大名塔之一，另兩座是保叔塔和雷峰塔，都是戰國時代的建築。一俊秀，一蒼勁，故稱為「美人老僧」。雷峰塔因為有法海和尚鎮壓白蛇在塔下的故事，所以更帶神祕性。而塔因幾經火災已倒塌大半，據說赭色的殘磚可以治療痼疾，遊人往往帶回一塊半塊。殘缺的古塔，在斜陽映照下，更顯得一片蒼涼，「雷峰夕照」也就格外的引人低徊。我比較喜愛的還是六和塔，因為它接近人間：朱紅的曲檻迴廊，和六角飛簷，點綴在波濤壯闊的錢塘江邊，更配合年輕人的心情。塔在外表上看去是十三層，登塔卻只七層，設計非常巧妙。塔下有許多竹篷攤販，學生們每天都成群結隊來小吃，再買點零食，爬上塔頂邊吃邊唱歌。雖比不上杜老「振衣千仞崗，濯足萬里流」的氣概，卻也真自由自在。

從六和塔沿著錢塘江走兩三里路，便是九溪十八澗。在九溪茶亭坐下來小憩，沏一壺清茶，買一碟花生米，一碟豆腐干，真有金聖歎說的雞肉味。山泉清冽中帶甜味，溪水粼粼，清可見底。我們常赤腳伸在水中，讓小魚兒吻著腳指尖。十八澗的美在乎自然，幾處茅亭竹屋，點綴於曲折的溪邊。假日遊人也不多，不像臺北近郊的名勝，處處人擠人，想找個座位休息一下，都很難得。使我格外思念那些悠閒無爭的歲月，也使我念念不忘老師的四句詞：「短策暫辭奔競場，同來此地乞清涼；若能杯水如名淡，應信村茶比酒香。」真是悟道之言。處於今日繁忙的工業社會中，每日被分秒的時間所追趕，身心疲乏不堪。真想暫時離開奔競之場，可是教從何處乞得片刻清涼呢？

枝上花開又十年

花園別墅，亦為西湖點染了不少風光。其中給我印象最深的是劉莊，它是香山巨賈劉問芻的別墅。裡面臺榭亭池，迴廊曲檻，建築得十分富麗。只是平時不輕易開放，尤其是學生旅行到此，看守園門的就把大花廳的四面玻璃門緊緊關閉，我們只能把鼻子貼在彩色玻璃窗上，向裡面張望華麗的陳設，羡慕不已。有一次，我隨著父母一同去遊玩，父親通報了姓名，看門的特地延入內廳，還請出女主人來接待貴客，對我這黃毛丫頭來說，簡直是受寵若驚。我走進雕樑畫棟的客廳，不由得目迷五色，因為一切的陳設實在太講究了。桌椅都是成套紫檀木鑲大理石，油光雪亮，几案上的各種古玩，和壁間的名人字畫，使愛古玩字畫的父親都露出萬分欣羨的神色。牆角的花架都是蒼老的樹根雕成，顯得格外典雅宜人。庭院中種滿了奇花異卉，春日百花盛開，倒也有一片欣欣向榮氣象。父親說因為莊園主人去世多年，花木再茂盛，也趕不走那一股陰沉冷落之氣，尤其是秋冬以後。這位莊主生前極懂得享受，所以為自己建了偌大一座別墅，而且娶了八個太太，他何曾想到樹倒猢猻散，身後紅粉飄零的悲哀？在莊的旁邊是他的墳墓，全部是文石砌成，其豪奢不亞於古代帝王。前面一字兒排著八個墓穴，是他為八個太太築的生壙，上面刻著他自撰的〈生壙誌〉。可是八個墓穴好像還空著六個。出來招待我母親的是兩位劉太太，卻不知她們排行第幾，年紀看上去都是四十尚不足，三十頗有餘。她們一色的黑綢旗袍，淡掃雙眉，薄施脂粉，皮膚都非常細潔，頸後挽一個低低的愛司髻；珍珠耳環，鑽石戒指。如此一對如花美眷，長年伴著一座冷冰冰的孤墳，使我立刻想起徐訏的「鬼戀」。幸得她們神情並不淡漠，與母親說話，語調非常親切。母親不便與她們多談，我卻恨不得問她們：「你們害怕嗎？將來打算葬在這個墓穴裡嗎？為什麼不進城裡跟親戚朋友住在一起呢？」我那時太年輕，那兒懂得人世間許多傻事。這兩位美麗的未亡人，守著偌大的莊園，守著她們死去的丈夫，一年年的春去秋來，花開花謝，她們真個是死灰槁木，看破紅塵嗎？人世的富貴榮華、濃情蜜意都是過眼雲煙；建造這八個墓穴的劉莊主人，才是真正的大傻瓜呢！「如夢如煙，枝上花開又十年。」滿園姹紫嫣紅，給人的感慨又是如何？

青山有幸埋忠骨

岳王墳是我們學生春秋季旅行必遊之地。岳王是宋代民族英雄岳飛，殿門前一副對聯是：「青山有幸埋忠骨，白鐵無辜鑄佞臣。」生鐵鑄成的秦檜夫婦像，就跪在墓前。遊客們都叫孩子便溺在秦檜與秦檜婆身上，這固然表示對奸臣的痛恨，卻是有礙公共衛生。加以號稱丘九的學生，甘楂果殼扔了滿地，使一座莊嚴的殿宇，顯得嘈雜凌亂。倒是南端的張蒼水祠，遊人少，反有一份肅穆之氣。張蒼水和鄭成功都是反清復明的民族英雄，兵敗不屈而死，杭人乃立祠祭之。

我國民族最重氣節。宋明兩代的民族英雄，留給後代的典範尤多。這正是中華民族所以能永遠兀立於世界，而且將日益強盛的主要原因。

林泉深處謁如來

杭州的古剎，我最喜愛的是裡西湖的靈隱寺。因為它離城區較遠，格外清幽，是夏天避暑的勝地。每年暑假，我都陪父親去靈隱。父親是為了「逃客」和找老衲談禪，我是為了享受坐馬車的樂趣。沿著柳蔭夾道的蘇堤，馬蹄得得中，可以飽餐湖山秀色。那一份悠閒的情趣，離我已很遙遠很遙遠了。每當計程車載著我在臺北街心橫衝直撞時，我就更懷念蘇堤上的馬車。

靈隱山為葛洪隱居之處，故又名仙居山。東南面的山峰就是有名的飛來峰。峰下清泉寒冽，泉邊有亭名冷泉亭。有一副對聯是：「泉從何時冷起，峰從何處飛來？」另一副卻回答道：「泉從冷時冷起，峰從飛處飛來。」煞是有趣。在冷泉亭裡，泡一壺龍井茶，手中一卷書，就可消磨竟日。方丈款待我父親的，據說是市面上買不到的上品清茶。大概就是彭玉麟聯句中的「坐、請坐、請上坐，茶、泡茶、泡好茶」的好茶了。父親那時已非達官貴人，只是和老和尚談得非常投契。老和尚將八十的高齡，精神非常健旺。我問他怎樣修行？他指著寺前巨大的彌勒佛像，叫我念旁邊的對聯：「大肚能容，了卻人間多少事。滿腔歡喜，笑開天下古今愁。」他說：「懂得此中妙理，便是修行。」父親笑著點點頭，我小小年紀，哪兒懂得呢？

寺旁羅漢堂裡有八百尊羅漢，塑得每尊神態不同。遊客可以選擇任何一尊羅漢，向左或右數，數到自己的年齡數字時就停止，如果是一尊慈眉善目的羅漢，就表示你是個好性情的人。如果是一尊豎眉瞪眼的，就表示你脾氣火爆。記得我數過很多次，常常數到一尊眼睛裡長出手，手心裡捏著亮晃晃珠子的，不知象徵的是什麼？

一生知己是梅花

宋朝的林和靖，在杭州選擇了他的隱居之處，那就是裡外湖之間的孤山。他性愛梅花，曾手植三百多株梅花，並依梅子的收成維持簡樸的生活。於是因山傍水，繞屋倚欄，盡是梅花。他的詠梅名句不少，最膾炙人口的當然是：「疏影橫斜水清淺，暗香浮動月黃昏。」他又養了幾隻白鶴。每當他外出時，如有客人來訪，童子就放起白鶴，翱翔空中，他一見到白鶴，就知有友人來了。這位妻梅子鶴的林處士，真是懂得生活的情趣。可惜的是這樣好的名勝，卻被後來一條博覽會木橋破壞了。大約是民國十七年，杭州舉行了一次博覽會。在裡西湖邊上蓋了一座大禮堂，大禮堂對面，一條紅木長橋直通孤山，破壞了孤山的寧靜。抗戰勝利後，長橋已被拆除，孤山又回復了往日的幽靜。那時，浙江大學暫時遷到平湖秋月附近的蘿苑，我就時常隨一位老師穿過對面的林蔭道，散步去孤山。冬天，湖上沒有一隻小船，放鶴亭邊，梅花盛開。我們坐在亭子裡的石凳上，灰濛濛的天空，漸漸飄起雪花來，無聲地飄落在梅枝上，白成一片。當時想起杭州淪陷於日軍時，我們在上海，老師曾有詞云「湖山信美，莫告訴梅花，人間何世」。後來湖山光復，我們又能回來賞梅，心中自是安慰。我們望了很久，才踏著雪徑回到老師住的臨湖暖閣中。他伸手在窗外的梅枝上，撮來一些雪花，放在陶瓷壺中，加上紅茶，在炭火上煮開了，每人手捧一杯香噴噴熱烘烘的茶。他興致來了，立刻呵凍揮毫，畫了一幅紅梅。我也乘興在空白處寫上兩句詞：「惜取娉婷標格，好春卻在高枝。」

我們默默地望著湖上的雪景、雪裡的梅花，吟起古人「有梅無雪不精神，有雪無詩俗了人；日暮詩成天又雪，與梅添作十分春」的詩句，才懂得林處士為何願意終老是鄉了。

舊家山都是新愁

有人認為西湖風景，清新有餘，壯麗不足，我卻以為西湖無一處不令人留連忘返。若移來此地，都成奇景。痛心的是湖山變色，忽忽竟已二十年。想想看，人生能有多少個二十年？但願我們化悲憤為力量，早日光復大陸，每個人都能回到他夢寐中的故鄉。那時，我又可以細雨輕舟，垂釣於西湖之畔了。

金門行

江山如畫

在明亮的陽光與爽朗的海風中，翠綠的濃蔭，明媚的湖光山色，整潔的市街、在車窗外一幅幅移動著，我不禁迷惑起來，我是在臺北的碧潭嗎？在高雄的澄清湖嗎？還是在故鄉杭州的西湖之畔呢？

南盤山的虛江嘯臥處，是明朝都督俞大猷的遊息之處，亭已拆除，而「如畫」、「砥柱」等石刻都已重鐫。我不由吟起蘇東坡「江山如畫，一時多少豪傑」的名句，對這位管領壯麗河山的英雄人物，悠然神往。虛江是俞大猷的別號，他是一位講道論學的大儒，卻與戚繼光同平倭寇。用兵之際，動合機宜。有如東坡贊嘆諸葛武侯「談笑間，強虜灰飛煙滅」的氣概。他閒來與士大夫論學吟詩，嘯傲於此。他的門人楊宏舉寫了一篇〈嘯臥亭記〉云：「先生喜誦范文正先憂後樂之語，慨然慕敬之。嘯臥豈日暇逸哉，必不然矣。」含意極為深遠。想見先生當年寓韜略於暇逸之中，從容不迫的風度。楊宏舉復有贊云：「汪洋滄海，波浪怒來，我有片物，揮之使迴。」是何等氣概。我反覆吟哦，此心似於汪洋滄海中把握了點什麼。

虛江嘯臥的北面是文臺古塔。它是明代的建築，有點傾斜，卻歷炮轟而屹立不倒。當年是海上航行的燈塔，數百年後的今日，它仍是奔向自由的光明指標。我拾級而上，站在塔基盤石上仰望塔尖，俯瞰遼闊的海面，吟古人「百戰功橫海，將軍氣未降」之句，自覺胸臆間有一股鬱勃之氣，可以上接古人。光輝的歷史，給後代的啟示，使我們有充沛的智慧與力量，繼往開來。

北望神州

徘徊在吳公亭前，瞻仰著吳稚暉先生銅像，對這位偉大的革命思想家，敬慕之忱，自非筆墨所能形容。我慶幸自己曾有機緣拜識吳老先生。那是四十二年先生養病臺大醫院，我隨一位學界前輩前往拜望。吳老先生笑顏可掬地坐在輪椅裡，望去就像一尊彌勒菩薩。那位前輩問他覺得身體好點否？他以濃重的無錫口音說：「沒有什麼，反正是偷來人生。」他幽默地說他的出生是他曾父母與祖父母瞞著閻王買來的，「所以不能做壽，否則就會被閻王發覺。……」他一則是借此謝絕鋪張，二則是上體長輩撫育之恩，不忍有違遺命。全出一片孝思，絲毫不帶迷信成分。他融會孔孟思想與宋明理學於一爐，提倡時代的科學精神以救國。他的道德、學問、思想，可以振一代風氣而為百世師。可是他為人謙沖風趣，平易近人。使人如坐春風，不知不覺受到他的薰陶。他精通書、畫、金石，只是信手拈來，從不以此炫耀於人。對於文學，他反對吟風弄月的自我陶醉，認為文格要從人格上考量。這正是我們從事寫作的人所當奉為圭臬的。這位高風亮節的偉大哲人，逝世忽忽已十五年，他的骨灰遵遺命埋葬在臺灣海峽。銅像面向大陸，想見老先生逝世時心情的沉重，我人當如何砥礪以完成艱巨的反攻大業呢！

水風清　晚霞明

倚著古崗樓上的曲檻迴廊，俯視似鏡的平湖中，彩霞浮動，魚兒也在與遠來訪客同享優遊之樂。風，微微的吹，掀起了粼粼漣漪。遠處的山巒，近處的田野，一味的綠。綠，浸入心田深處，使你感到那麼安詳，那麼沉靜。我捧著一盞香茗，默無一語地對著這幅美得出奇的圖畫，深深領悟到了，蘊蓄在這份安詳沉靜之中的堅強與剛毅。古人說：「文章是案頭山水，山水是地上文章。」而這篇文章，是金門的全體軍民，由一寸土，一滴汗，一滴淚抒寫而成的。「水風清，晚霞明。」正是金門的戰士們意定神閒的寫照。這是一份持久永恆的力量。

古崗湖是天然湖泊，與太湖的出諸偉大神功，又是一番景象。我悠然吟起朱晦庵的詩：「半畝方塘一鑑開，天光雲影共徘徊。問渠那得清如許？為有源頭活水來。」聞說總統蔣公極愛此處天然景色。故命建此樓，使軍民得以攬鏡澄湖，放懷滄海。他老人家慈祥博大的胸懷，正有如源頭活水，灌溉著每個人的心田。

魚躍海中天

在朱子祠中，欣賞詞句典雅如崑曲的南管樂。悠揚頓挫的管弦聲令人發思古之幽情，金門民風的古樸凝重，實在是由於受朱子教化的影響。祠堂正中朱子遺像是錢穆夫人所畫，兩邊有朱子遺墨，「鳥飛月窟地，魚躍海中天。」一副對子。朱子是宋代大儒，我國文化史上的大賢人。錢穆先生說：「學朱子就是學他怎樣做人，怎樣做學問。」說得淺近切實。漢儒謂：「仁之為言，人也。」解說孔子的「仁」字，就是做人的基本準則。共匪因為沒有了仁，滅失了本性，所以必趨滅亡。

朱子治學精神，對後世啟迪尤深。他為學首在讀書，他自謂「少而魯鈍」，故專心做困學工夫。他主張「致知格物」、「居敬窮理」，也是知行並重。居敬便是行，窮理便是知。理中自有仁義禮智。宋明理學雖分程朱陸王二派，主要的仍都在知與行上下工夫。王陽明主張「致良知」、「知行合一」，他說「未有知而不能行者，知而不行，只是未知」。二派差別，只在由外而內與由內而外的程序上不同。終極目的都在「明心見性」，陸象山自謂「簡易文章終廣大」，譏諷程朱「支離事業竟浮沉」。好像是兩不相謀。可是朱子曾請陸象山在白鹿洞講學，足見得他們討論學問的儒者之風。「魚躍海中天」也可以借來描寫一位大賢哲的胸襟吧。

靜靜的心廬

陽明公園中有一處靜靜的心廬小築。隔著澄明的湖水，與陽明亭遙遙相對。斜陽外，濃蔭裡，我彷彿聽到琅琅書聲。此處宜讀書，亦宜垂釣。主人說：「一枝釣竿，一卷《日知錄》，可於閒適中領會陽明哲學。」我於是想起陽明先生的一首詩，「問君何事日憧憧，煩惱場中錯用功。莫道聖門無口訣，良知兩字是參同。」他認為：「良知即是獨知時，此知之外更無知。」頗接近於《華嚴經》的「世間一切法，但以心為主」。他雖偏重惟心，而強調「身體力行」與「知行合一」。故並不空疏。總統所著《科學的學庸》一書，即是闡揚學庸，兼取程朱陸王二派，總括其義謂「窮理於事物始生之處，研幾於心意初動之時」，最得奧妙精微之旨。

儒家哲學便是力行哲學。金門的戰士晝夜不懈的防守與備戰，居民的勤儉苦幹，就是十足的力行精神之表現。在大膽島雷臺地下室中，年輕的工作人員精神抖擻，古寧頭坑道裡戰士們情緒高昂。孔子贊顏回「一簞食，一瓢飲，居陋巷，人不堪其憂，回也不改其樂」，顏回所樂的並不是簞食瓢飲與陋巷，而是樂道。金門前線軍民所樂的並不是地下室、坑道，而是那個為人類爭自由和平的大目標。

在心廬前，對著澄碧的湖水，沉思良久，舉首望亭亭綠樹如雲，想起二十年來金門的建設，單講綠遍全島的六千萬棵樹，就可以想得到力行哲學所發揮的力量之大了。

膽瓶留取十分春

在陶瓷器的門市部，我對著琳琅滿目的藝術品，癡呆呆地不忍離去。在彩色畫片上，我還看到一群青年男女，在用彩筆描繪陶瓷器，一幅幅美妙的圖畫，從他們寧靜的心靈中流出。這兒的軍民以移山填海的氣魄建築坑道，開鑿擎天廳、太湖，改建料羅灣，也以精巧的手拐出細潔如玉的觀音像和花瓶茶壺等。這正象徵他們另一面的精神生活。人不能一天二十四小時，一年三百六十五天都在劍拔弩張之中，惟有真正懂得輕鬆悠閒的人，才能經得起緊張的考驗。諸葛武侯羽扇綸巾，延平郡王太武山弈棋，充分表現了大戰略家指揮若定，從容不迫的氣象。藝術培養閒逸的情趣，也鍛鍊剛毅無畏的心靈。藝術的最高境界可以到達如莊子所說「大澤焚而不能熱，河漢沍而不能寒，疾雷破山風振海而不能驚」的地步。此所以金門坑道中的健兒能撫琴而歌，靜坐對弈，居民於炮聲中荷鋤而耕，業餘劇團演得興高采烈，高粱大麯如此芳香，湖山如此秀美。可見生命的潛力無窮，所表現於外者也是多采多姿的。

我捧著一隻蛋青色繪山水小花瓶，愛不釋手，想買又怕途中碎。繼而想，古人說的：「山林本是勝地，一營戀便成市朝，書畫本是雅事，一貪癡便成商賈。」我還是將此美好光景永留心坎，又何必定要購而置諸案頭呢。

風趣的主人畢竟送我們每人一隻寶藍繪金色梅花大花瓶，讓我們帶回一份金門的綠金門的春。

心香一脈

海印寺是宋咸淳年間所建。這座古剎的殿宇雖不大，而爐煙繚繞中，自有一份肅穆氣氛。寺中有一口銅鐘，是清光緒年間我國旅日僑商所鑄贈。鐘上横刻「金聲玉振」四字，直刻「南無阿彌陀佛」六字。據說此鐘一鳴，聲聞三十里。金門居民大都信佛，正月間絡繹上山進香，想見在洪亮的鐘聲中，頂禮膜拜的盛況。金門不但有佛寺，也有天主教堂，基督教堂。在大清早，可以聽到遠處悠揚的鐘聲傳來，使人精神振奮。一個民族之所以能屹立不懼，堅強興旺，實賴有虔誠的信仰。由信心產生力量，這並不是迷信。我們的蔣總統與夫人都是虔誠的基督徒。梁任公認為歷史上的英雄豪傑，大都有宗教信仰。他說：「苟既信矣，則必至誠，至誠則能任重，能致遠，能感人，能動物……」這是深悟於道的話。所以信奉任何宗教都無不可，主要是要有虔誠的心。從來志士仁人，所以能發揚蹈厲，義無反顧者，就是宗教精神之至高表現。

海印寺以七百餘年古剎，至今香煙愈盛，不是沒有原因的。

壯志凌青雲

快艇破浪駛向大膽島，福建海岸線在眼前愈來愈清晰，我的心情也似浪花似的激蕩著。可是登上大膽島，首先看到的是一批康樂隊員在和戰士們唱歌同樂。在烈陽下，他們古銅色的臉上閃著發光的笑，他們真做到化緊張為輕鬆，處戰時如平時了。

在電臺地下室中，我參觀了兩位小姐的工作與起居室。S 型的一條窄窄隧道裡，安置了她們的床舖與廣播工具，在此方寸之地，她們以充滿熱情懇摯的聲音，將祖國的關懷傳遞給大陸同胞。對這項工作，她們有興趣更有信心。一點也不以生活的簡陋為苦。時常訂一年合約再續訂一年。工作的成果帶她們進入忘我之境。我對她們堅苦卓越的精神興起崇高的敬意。

島上有一隻神犬「西露」因捕殺水鬼累建奇功，擢升為中尉，這位英姿挺拔的狗中尉，和我們合拍了照片。還有一座靈雞墓，墓碑上有靈雞像，和墓誌銘，記載牠自八二三炮戰以來，每逢炮擊，必先展翅而鳴，使守軍得預先準備。牠於四十九年八月二日病故，戰士為建此墓。我們幾個愛小動物的特地去憑弔一番。戰士們對雞犬都如此愛護備至，想起大陸同胞曝骨曠野的情形，又焉得不令人泫然。在升旗臺上，我們用望遠鏡望大陸，廈門大學距大膽只八千三百公尺。最近的白石炮臺離我們只四千五百公尺。氣候好的時候，廈門大學校園中的活動情形都可歷歷入目。同在同一蒼穹之下，呼吸的卻是兩種不同的空氣。據說二十年來，從大陸游水投奔自由的已有五千餘人，小小的大膽島上飄著青天白日國旗，就是他們奔向光明的指標，這正符合蔣經國先生所題「大膽挑大膽，島孤人不孤」的深意。

大膽寺門前有一副對子，寫著「登高望遠海，壯志凌青雲」，寫出了大膽島上戰士們的胸襟。

第　二　輯

茶與同情

「穀雨乍過茶事好，鼎湯初沸有朋來。」這是文徵明題畫的兩句詩，他畫的是山水之間的一座茶棚，那悠閒的意境令人神往。雖然現在不是穀雨乍過，而已經是立夏以後，但正為到了夏令，亞熱帶的夏又是特別長而且燠熱，我真想在溽暑中有那麼一座小小的茶棚，位於青翠幽遠的山凹，淙淙的小溪之畔。讓過往的行人有一處駐足之所：這裡有芬芳撲鼻的清茶，更有大自然優美的風景。

疾雷暴雨中，我們可以到這裡來躲避，淡月疏星的夜晚，我們可以來此乘涼。二三知己，一盞清茗，躺在竹椅上就可以天南地北地暢所欲言，那是多麼舒適的生活情趣。

可是在十丈軟紅塵撲面的都市中，到哪兒去找這麼個幽雅的小茶棚呢。

過分忙碌緊張的生活，有時真會使人的心情不寧，甚至憂鬱悲觀。我常聽到人這樣埋怨著：「啊呀！我簡直成了一架機器，連思想都沒有了。我變得這麼遲鈍而且庸俗，靈感遠離我而去，想看點書都靜不下心來，想和朋友談談也沒有時間。朋友們也許都膩煩我的嘮嘮叨叨的了。」我自己就有這種經驗。我是個職業婦女兼家庭主婦，有時遇到女傭走了，工作、家務、孩子，忙得我轉不過氣來時，我的心情就變得非常惡劣，不禁感到生活是如此的匆忙而乏味。我多麼渴望友情的溫暖與鼓勵，多麼渴望有一座遠離塵俗的小茶棚，讓我坐下來喘息一下，向朋友們訴說我的困難與煩惱。

一次又一次地，好像度過許多陰晴不定的困人天氣，漸漸地，我能夠適應了。我還從其中領略得一點樂趣，——忙裡偷閒的樂趣。那就是說，無論怎麼忙，要保持一份心情的寧靜。今天該做的事今天做，明天的留待明天再忙。然後坐下來，捧起一杯清茶，慢慢兒地飲啜著。愉快地閱讀一本書，哪怕是幾行幾句都好。翻翻貼相本子，整理一下書桌抽屜，取出朋友的信札來重讀一遍，或是給朋友通個短短的電話，如果彼此都方便的話。再不然，就憑著窗兒沉思默想一會兒。這樣，緊張的神經自會鬆弛下來，感到周遭的一切事物，都充滿盎然生意。而我想見的朋友，她們的聲音笑貌，也都一一浮現在我眼前了。

我以為，這就和憩息在風景幽美的小茶棚裡，一樣地感到心神怡悅。

這座茶棚，無待遠求，它就在我們自己的方寸靈臺之間。當我工作疲勞，心情欠佳時，我就丟下一切，來到這裡，喝著清茶，與朋友們作一次精神上的會見。我以心語向朋友訴說，我也似乎聽到朋友們的娓娓清談，感受到她們的拳拳摯誼。於默默中，我深感與朋友之間的情意相契，歡樂交流。

這座心靈上的小茶棚裡，永遠有朋友在等待我，它不受時間空間的限制，我隨時都可以和她們會晤。

清茶比酒香，我時常有此感覺。因為酒使人興奮，茶卻令人寧靜。記得以前與好友同讀張潮的《幽夢影》。低徊再三，為之陶醉。現在我也來續幾句：「飲酒如對豪友，服藥如對畏友，啜咖啡如對趣友，調冰如對俊友，品清茶如對逸友。」在心靈的茶棚裡，讓我們無拘無束、悠閒自在地縱談古今。我們會覺得「眼前一笑皆知己，座上全無礙目人」。那該是多麼輕鬆愉快的情景呢？

翡翠的心

在一本靈修的小冊子裡讀到這麼幾句發人深省的話:「愛爾蘭地方素來多霧，因而獲得翡翠島的雅稱，什麼時候我們遭遇到悲哀的霧，我們必定會有一顆翡翠的心。」

「翡翠的心」四個字真美。它必然是玲瓏透剔，散放閃爍的寶光，使陰沉的霧氛，轉變為絢燦的彩霞。佛家說:「心如摩尼珠，隨物現其光彩。」我想也是同樣的意義吧。

無論多麼幸福的人，都會有被「悲哀之霧」籠罩的片刻。因為憂患、苦惱、驚險、困厄是生命過程中無可避免的。正惟如此，才愈益顯得生命的可貴，生活的壯美。大哲人歌德曾說:「人莫不在悲哀中吞嚥著眼淚。」他又說:「生活無論如何總是美的，所以任何生活都可以過，但求不失卻自我。」「不失卻自我」，就是能把握自己的心，即儒家所謂的「造次必於是，顛沛必於是」的功夫。王陽明先生說:「但悟得此心常見在，便是學，過去未來事，思他作甚。」也是此意。能把握這顆心，則苦難的環境，不但不會使我們怨恨失望，反將因而獲得更堅強的信心。誠如信徒們說的：「靈裡的快樂沒有輕便的快樂。上面都帶著發光的疤痕。快樂是得勝心靈痛苦的結果。」

世路崎嶇，人事多變，生逢亂世，尤不免有無常幻滅之感。可是要知道一切都是相對的。歡樂與悲哀，平安與困厄，幸福與窮愁，固然由不得我們自由選擇，但造物者對我們的賜予卻是公平的。於憂患備嘗之餘，哪怕是片刻的歡欣幸福，對於心靈的感受即屬永恆，而永恆亦即無常幻滅的相對。蘇東坡說：「自其變者而觀之，則天地曾不能以一瞬，自其不變者而觀之，則物與我皆無盡也。」可見萬事都在我們怎麼看法就是了。

一天裡有風雨陰晴，一年裡有花開花謝，一生中有悲歡離合。如果不如此，試問人生還有什麼情趣呢？培根說：「人生沒有哭，就不會有笑。小孩一生下來就哭，以後才學會笑，如果不哭，就不會懂得笑的快樂。」也就是這個道理。一個匠心獨運的畫家，他一定懂得如何用灰與黑來陪襯鮮明的畫面。一個有涵養的音樂家，不會只作些歡樂輕鬆的曲子，因為沉嘶的哀調尤足以傳遞人們的心聲。由此可知，相反正所以相成，於矛盾衝突中求調和，就是生命的奧祕。

中國人的人生哲學，是儒家與道家思想的混合。老子的「大智若愚，大巧若拙」，與莊子的「齊物論」，就充分發揮了相對的理論。而孔子的中庸之道，便是在矛盾中求調和。老子說：「知無可如何而安之若命，唯有德者能之。」孔子說：「逝者如斯乎，不捨晝夜。」足以看出兩家處世態度在表面上雖不同，而其終極仍是一致的。因為「安之若命」雖似消極，骨子裡卻是一種沉默、堅忍的抗拒。而儒家那種不捨晝夜的努力，也未始不知道逝者如斯的無可挽回，而仍發揮他知其不可為而為的精神？

固然，橫逆之來臨，絕不是一件好玩的事，更不容身受者作隔岸觀火的看法。但正因如此，我們必須鍛鍊自己，在心靈上有一個知其不可避免而必須面對危厄的準備。信徒們祈禱不是為求在一生中免去困厄，而是祈求力量克服困厄。於是，處逆境乃能意定神閒，不以險夷置胸間，反能堅強地，勇敢地，化險為夷，轉憂為喜了。

憂患足以富裕人生，一顆飽經憂患的心，一定是溫柔敦厚的，它像一顆飽滿的蓓蕾迸裂為芬芳的花朵，使荒蕪的世界，充滿美麗的希望。一本小說裡說：「眼因流多淚水而愈益明清，心因飽經憂患而愈益溫厚。」此話真值得人我們深深體味。日本文豪廚川白村氏說：「文學是苦悶的象徵。」沒有離愁別恨就不會產生可歌可泣的詩篇。中國也有句話：「文窮而後工。」此杜甫詩，後主詞之所以卓絕千古也。佛家說：「若無煩惱便無禪。」所謂禪，就是解脫苦惱，領悟生命的真諦。我們試看蘇東坡是位豪放洒脫的詩人，他的詩詞多寫禪理，未始不是從他苦難的貶謫生活中體會出來的。他能超脫憂患，卻又不是太上忘情。所以儘管他說「存忘見慣渾無事」，卻仍舊有「十年生死兩茫茫，不思量，自難忘」的悽惻纏綿之句。南宋的陸放翁，大家都知道他是位愛國詩人。他痛國家的偏安之局，發而為詩，其慷慨激昂之音，令人一唱三嘆。而晚年對愛人唐蕙仙卻不能忘情，因而有「夢斷香消四十年，沈園柳老不飛棉，此身合作稽山土，猶弔遺踪一悵然」的腸斷之句。可見坎坷的際遇，有時正所以成就千古不朽的著作。

生命是短暫的，在短暫中卻充滿了悲壯的詩篇。泰戈爾說：「讓你的生命在時光的邊緣上輕迴地舞蹈著，好像露珠在樹葉上抖顫。」於是我又想起那美麗的四個字——翡翠的心。我們是否能磨琢出一顆翡翠的心，使智慧的靈光，透過朦朧的「悲哀之霧」呢？

哀樂中年

人生之有老年，有如時序之有寒冬。潔白晶瑩的霜雪，象徵著飽經歡樂憂患以後堅貞的情操。如今我更要說，中年，正是步向老年以前的一段最幽美最值得留戀的寶貴時光。

「哀樂中年」是充滿了詩情酒意而又微帶感傷的四個字眼。中年人的心靈似乎比較的脆弱敏感，而許多感觸，又都只放在心裡不願說出來。詩人說：「中年只有看山感，西北闌干半夕陽。」在夕陽無限好中，青山滿眼，獨自倚著闌干，其感觸豈是筆墨所能抒寫得盡的，所以也只有學著辛稼軒的「欲說還休，只道天涼好個秋」了。

我覺得，中年的滋味固然帶點酸辛苦澀，而這一份酸辛苦澀卻是雋永的、淡遠的。就如啖橄欖以後，餘香在口，值得人細細品味。少年人的感情是奔放的，眼淚是滂沱的，而中年人的感情是蘊藉的，淚水是清明的。少年人對於橫逆與不如意事有一份反抗的心理，中年人卻多半都能默默地承受。中年人常抱有一顆虔誠的心，對於坎坷的境遇不抱怨，也不畏縮，卻有著頑強的心力去承當它。中年人比較的和平、寬大、深遠而富於幽默感。他已越過了亂流急湍而趨向長江大河。他也像一泓深沉澄清的秋水，風行水面，雖然也掀起一層細細的漣漪，而天光雲影，兩共徘徊，他的深處依舊是靜止的。由此足以見得中年生活的豐富了。

五代詞：「如今卻憶江南樂，當時年少春衫薄。」少年時許多賞心樂事，到中年回憶起來，也許會笑，也許會哭。可是不論哭或笑，都比身歷其境時更美。紀德說的：「有笑的一刻，必然有憶笑的一刻。」「憶」，固然會帶給你些微的悵惘，輕淡的哀愁，可是這一絲絲悵惘卻適足以富裕人生，澄清心靈，增加智慧。它使你領略到生活的壯美，更使你懂得天地間的一條真理——愛。所以中年人的心是仁慈的，溫厚的，他有著飲酒將醉未醉的境界，洒脫飄逸，看似不認真、不執著，卻絕不至有失分際。

入中年如訪名山古剎，聽鳥語松聲，回首羊腸小徑，不覺拈花微笑，怡然自得。近年來，我亦漸悟得此中真趣。過去生活中那些痛苦、怨恨、驚險的日子，回憶起來，都使我充滿了感謝。因為那一切使我明瞭：人生並不全是苦惱的，只不過偶爾有些苦惱的時日，這些苦惱，卻足以糾正我自己的過錯。對一切的人和事，我都滿懷希望，我像是遊倦了姹紫嫣紅的花圃，徜徉於紅葉滿眼的秋山。深邃的山徑中，有著一派肅穆的美，我嚮往著傲岸於霜風中的紅葉。

記得年輕時見母親顰蹙的容顏，就要問她：「媽，什麼事使你不快樂了。」她回答我一個淺笑說：「等你年紀大點就知道了。」我不能再問，卻只覺得母親的悲喜無端。及至二十歲以後，孤身負笈上海，於孤寂中給母親寫了一首〈金縷曲〉，內有兩句：「總道親眉長不展，到而今我亦眉雙聚。」母親來信說：「為你這兩句，我整整流了一夜的淚。」其實我當時又何嘗知道母親的憂思，只不過是想念母親的一點童稚之心。現在想想，如母親還在世的話，我就可以和她老人家互訴心曲，徹夜不眠了。因為我已經是中年，我也更懂得母親的心了。

在杭州讀書時，嘗採集鮮花嫩葉，排成美麗的圖案，訂成一本小小的手冊。在第一頁，老師為我寫上兩句詞：「留予他年說夢痕，一花一木耐溫存。」這本心愛的手冊，於離亂中遺失了。時隔廿餘年，那點點滴滴爛斑的夢痕，卻在心頭浮上更鮮明的印象，我才深深領略得「一花一木耐溫存」的雋永滋味了。

我生平永不能忘懷一幕幽美的情景：在抗戰期中，我避亂深山，有一個深夜，忽然聽說日軍來了，我們於朦朧中陟山逃難。在萬分驚險中，忽抬頭見一輪明月，低低地墜在半空中。深山清晨的霧氛，使月亮變成金紅的琥珀色，在眼前晃動著。我一時忘卻後面的敵人，只想伸手掬取那一團玲瓏的琥珀，置諸懷袖之中。在那一瞬間，我忘卻了人世間一切的煩惱醜惡，我心中只有一個感受，就是宇宙太美了，太神奇了。這種美和神奇，是可以化醜陋與罪惡於烏有的。這是一個永恆的感受，直到如今我不會忘記。而且現在回味起來，那一輪近在咫尺而又遠不可接的月亮，那一份超越於現實人生的美，正如同入中年而回顧多彩多姿的少年生活。

韶光的消逝是無可奈何的事，雖然是「春歸何處尋無跡」，卻為什麼不想想：「月到中秋分外明」呢？

談含蓄

後漢時的黃憲，一生無所著述。而當時最負聲望的郭林宗，曾嘆息地說：「叔度汪汪若千頃陂，澄之不清，淆之不濁。」對於他的人格風度，欽佩到萬分。無怪李膺說，如果叔度（黃憲的號）在世的話，他連官都不敢做了。而同郡的戴良，每次見了黃憲回來，就嗒然如有所失。我們可以想見黃憲的人格，一定使得凡接觸到他的人，都如坐春風中而不自覺地受了感染與薰陶，這豈是常人所能仰望得到的呢？

相反地，有的人卻因為鋒芒太露，或太好表現，結果竟至不得善終。像三國時的楊修，就是因為過分賣弄聰明而遭曹操之忌。那句「丞相豈在夢中，君誠在夢中耳」的話，就斷送了他的頭顱。東晉的嵇康是個疾惡如仇的大文豪，可惜他也是太鋒利了。有一次鍾會去看他，他不屑於理他，只顧自己打鐵，鍾會一氣，拂袖而去，他又故意問他：「何所聞而來？何所見而去？」鍾會氣呼呼地說：「我正是聞所聞而來，見所見而去。」就此，嵇康招來了殺身之禍。

莊子說：「巧者勞而智者憂，無能者無所求，飽食而遨遊，泛若不繫之舟。」這是戰國時代的人生哲學，用在今天是不合時宜的。可是「巧者勞而智者憂」仍是顛撲不破的真理。人往往過分鬥心智而弄得心勞日拙。到頭來不但佔不了上風，精神上反而一無所獲，甚至於眾叛親離。所以「巧」、「智」要用得恰到好處，一過分就不免於勞憂了。蘇東坡是最懂得此中三昧的人，他有一首詠琴的詩說：「若云聲在指頭上，何不向君指上聽，若云聲在琴絃上，放在匣中何不鳴。」這雖不合於常理，但他只是拿彈琴來作個比喻，見得他處世做事的不強求，不好表現。這也就是陶淵明所謂「但識琴中趣，何勞指上音」的無絃琴的道理了。

中國的書法有所謂藏鋒不露，國畫也有意到筆不到的妙境。這也是含蓄的道理。古人詩詞尤貴含蓄的美，而含蓄也就是隱藏。西洋一位文豪說：「藝術的最大目的在乎隱藏藝術。」又一位小說家說：「用一百個字所表現的，並不見得比十個字所能表現得更好。」這話極耐人尋味。世間沒有比含蓄隱藏的滋味更雋永，更深遠的了。

一味的隱藏，會不會變成畏縮。一味的含蓄，是不是近乎陰沉。這是差以毫釐，謬以千里的兩種狀態。孔子說：「剛毅木訥近仁。」孔子的這個仁字是只可意會，不可言傳的最高人格標準。黃叔度汪汪若千頃陂，應該可說是近似了。我想「木訥」，就是一副笨拙的態度，而他的內心卻是剛強、堅毅的。能剛柔互制，外柔內剛，所以能做到「造次必於是，顛沛必於是」的地步。這豈是畏縮或陰沉者所可同日而語的！

詩人說：「短髮無多休落帽，長風不斷任吹衣。」是比喻自己才疏學淺，所以要藏拙幾分，吩咐東風不要把他的破帽吹落下來，免得露出稀疏的禿頭，貽笑方家。但他雖然萬分的謙虛，內心卻是充實的、堅定的。「長風不斷任吹衣」正表示這一股不屈不撓的精神。對於世俗的不虞之譽，求全之毀，都可置之度外。人，是應該有一派「散髮天風獨往還」的獨立不懼的氣概的。

求其放心

《孟子》說:「學問之道無他,求其放心而已矣。」意思是說要像找尋放出去的雞犬似的,把放在外面的心收回來,是反求諸己的意思。

小時候讀《孟子》,聽一位父執給我講解。他說求放心不僅是反求諸己,還可以解作:「如何安放自己的心」,或是「如何使這顆心能夠放鬆」。如今細細體味起來,覺得這個說法更富意義。人,往往因為這顆心沒個安排處,因而感到徬徨空虛,乃至於厭世悲觀。同樣的,心情過分的緊張,也會使你因疲乏而煩躁而厭倦生活。所以,如何安排與放鬆我們的心,實在是值得我們於讀書工作之餘,深加玩味的。

蘇東坡有一首〈臨江仙〉詞「夜飲東坡醉復醒,歸來彷彿三更,家童鼻息已雷鳴。敲門都不應,倚杖聽江聲」。他於某夜微醺後策杖歸來,敲了半天門,書童睡沉了。他一點不生氣,索性站在門口聽江水潺湲。這是一種隨遇而安的超越心境,可以想見他的洒脫。東坡詞多寓禪理,例如另一首〈定風波〉的最後幾句：「回首向來蕭瑟處，歸去，也無風雨也無晴」，最耐人尋味。如能把人生的風雨陰晴，都看作如氣候的必然變幻，既無可如何，就應當安之若素了。

中國老莊的哲學是「知無可如何而安之若命」。這當然是太消極的定命論，儒家思想是「盡人事以聽天命」的中庸之道。這個「盡人事」就是教人要盡己，要好好努力做人做事，而「聽天命」是說對於不可知之數的事，就當放開胸懷，聽其自然。

人不但對於未來之事喜歡憧憬，對於過去的，也往往容易追悔。憧憬未來使人振奮，而追悔過去卻是最浪費心神的。一位哲人說：「追悔是使人變得愚蠢的最主要原因」，真是至理名言。只知道追悔，眼前的一切都看不清楚而輕易放過。要知「棄我去者昨日之日不可留」，我們只有緊緊抓住現實。縱然「亂我心者今日之日多患憂」，而憂患是需要寬闊的心胸容納它，澄明的智慧剪斷它的。

大學的老師送我一首〈楊柳枝〉詞：「垂垂雨雪一春愁，歷歷樓臺閱劫休，拼向高空舞濃絮，東風哀怨莫回頭。」春風哀怨，萬事卻將成過去，沒有什麼值得回頭的，為什麼不以輕鬆快樂的心，迎接陽光呢？

「海闊憑魚躍，天空任鳥飛。」念著這兩句詩時，胸襟好像也會開朗起來。當你心情煩亂、憤怒或緊張時，試試看在腦子裡找一些安詳愉快的字眼，在嘴裡低聲地念著，想一些輕鬆幽默的故事，使自己笑。聽聽音樂，或跑到公園裡去聽鳥兒歌唱，看小孩子蕩鞦韆。這是一種行為心理學，漸漸地，你的心自會放鬆下來，高興起來了的。

「放心，放心」，把心放鬆，把自己安排在一個海闊天空的境界中吧！

溫柔敦厚

《詩經．子衿》篇云：「青青子衿，悠悠我心，縱我不往，子寧不嗣音？」想見這位失戀女子，在城樓上癡癡地等待時的迫切神情。她明明知道他是個「輕別離、甘拋擲」的薄倖郎，可是她不忍心怪他、怨他，只懊惱自己不該一時爽約，因而惹惱了他，使他不再顧念她。那一縷委婉纏綿的情意，是如此的蘊藉而溫厚，使我們低徊往復不能自已。這就是所謂「怨而不怒」、「哀而不傷」的高尚情操。如果把這兩句換成了：「子不我思，豈無他人。」那就是以非常決絕的態度說：「你不想念我，難道就沒別人和我好嗎？」這就不是執著的愛，也就不是永恆的愛了。愛本來是癡的，是執迷不悟，無理可喻的，所以叫做「一往情深」、「海枯石爛」。如果愛只是一朵閃爍的花，一開過就什麼都沒有的話，人間就不會有許多刻骨銘心的悲劇了。

《詩經》裡所描寫的愛，都是一種溫柔敦厚的愛，無論是親子之間，朋友之間，情人或夫婦之間，都是那麼蘊藉而且永恆，這才見得愛的真諦、愛的偉大。在這裡，我想起另外一首樂府詩：「有所思，乃在大海南。何用問遺君？雙珠玳瑁簪，用玉紹繚之。聞君有他心，拉雜摧燒之。摧燒之，當風揚其灰。從今以往，勿復相思！相思與君絕。」這是描述一個女人，因為她的情人遠在大海之南。她要用雙珠玳瑁的珍貴禮物贈給他作為永久紀念。可是一聽說他變了心，她一氣之下，就把雙珠玳瑁毀了，燒了，從此以後，她再也不想念他了。這是一種熱烈的、奔放的、獷野的愛情。她愛他的時候愛得發狂，一有懷疑，就與他決絕，摧燒了玳瑁，還不夠，還要「當風揚其灰」。說了一遍「勿復相思」不算，還要再說一遍「相思與君絕」。那一副咬牙切齒的神情，正與《紅樓夢》裡林黛玉焚稿斷癡魂時的情景是一樣的沉痛。而與青青子衿中那一顆悠悠的心，脈脈的情懷，卻完全不同了。其實她說不再相思，就越是丟不下這顆心，割不斷這一縷情絲。正像詞人說的：「相思本是無憑語，莫向花箋費淚行。」作者也是受了薄倖者的騙，痛心之餘，勸世人不要再癡心地相信情書中的甜言蜜語了。越是嘴上這麼說的，越是放不下這顆心。真不能不叫人悵然地問「人間情是何物，直教生死相許」了。

「衣帶漸寬終不悔，為伊消得人憔悴。」就是一種纏綿婉轉，溫柔敦厚的愛。她或他對於愛人是如此的執著，為了對方瘦了、病了，卻絕不後悔。這種至高無上的情操，只有在愛裡才能發揮。所以愛包涵了寬恕、成全與犧牲，愛是最高人格的表現，也可以說在愛裡人格得以昇華。

詩詞中許多描寫愛情的句子，確乎令人一唱三嘆。如：

「將君與妾淚，兩處滴池水。看取芙蓉花，明年為誰死。」這是一個女子，為了測驗情人的堅貞與否，卻以芙蓉花的為誰枯萎作考驗。比起《武家坡》裡的薛平貴與《桑園會》中的秋胡，要溫柔敦厚得多了。再看宋詞：「我住長江頭，君住長江尾，日日思君不見君，共飲長江水。此水幾時休，此恨幾時已，只願君心似我心，定不負相思意。」這首模仿古代民歌的白話詞，多麼樸實自然，兩人各處一方，他們的心是繫在一處的。還有一種片面的相思，對方絲毫也未覺察，而她卻只管一往情深。那一份默默的愛也會像蟲子似地，啃噬著她的心，微微作痛。如「山有本兮木有枝，心悅君兮君不知」。就是默默的單相思，卻有著深長雋永的滋味。「今夕何夕兮，搴舟中流。今日何日兮，得與王子同舟。」這是多麼興奮的心情，王子並不知道她深深地愛著他，而她能偶然與他同泛一次舟，就心滿意足了。這一絲輕微的欣慰與哀愁，也同樣感染了讀者的心。

單方面的愛，如不能獲得對方的知悉，或是知悉了而並不能獲得對等的愛，痛楚的心自將不勝負荷。可是在溫柔敦厚的情操中，卻將湧出更動人的詩篇。在藝術的生命裡，將會有更偉大的成就。所以我說，在愛裡的人格是完美的，因為愛使人變成溫柔敦厚；也惟有溫柔敦厚的心靈才能夠愛。

白　髮

梧桐樹上飄下了片片黃葉，有幾人能不慨嘆一聲「又是秋天了」？人過了中年，第一次在自己頭上發現一兩根白髮的時候，心情也很難保持平靜。落葉告訴我們「一年容易」，白髮象徵著老之將至。這都是惹人感傷，無可奈何的現象，可是這種現象又豈能避免呢？

「美人自古如名將，不許人間見白頭。」可見女人先天愛美的心，總不願頭上早早出現白髮。可是白髮卻像秋霜冬雪，遲早總要飄落下來的，誰又能保持一輩子的青春年少呢？

你越是怕容顏老去，你的心情反而越老得快。尼采說的：「許多人的心靈先老，許多人的精神先老，有些人年輕時就老了。但是遲到的青春是持久的青春。」這話是值得我們深思的。

記得我二十多歲時，就學著寫老氣橫秋的句子：「不記秋歸早晚，但覺愁添兩鬢，此恨幾人同。」老師曾笑我說：「不要無病呻吟，年事長大有何可悲？只要能保持健康愉快的心情，人就會永遠年輕的。」如今年歲真的長大了，頭上的白髮已不只一兩根了，才真正體味到中年也有中年的樂趣。因為中年人的心比較的沉靜、悠閒。許多年輕時候使我哭過，使我笑過的事情，如今回想起來，都別有一番雋永的滋味。從前許多想不通的世事人情，如今也看得雲淡風輕，提得起也放得下了。生命是豐富的，如能永久保持「花落春猶在」的樂觀心理，由中年而漸入老年，又未始不是一樣有情趣，有意義呢？

在我記憶中，有兩位白髮老婦人，是我終生欽敬思念的。一位是我的乳娘，一位是我在中學執教時的女校長。我幼年時因母親體弱多病，四歲前都由乳娘帶領。長大後因住在杭州，與家鄉的乳娘一直沒有見面。畢業後回到故鄉，從烏篷船中探出頭來，第一眼望見的就是一位白髮蒼蒼的老媽媽。我已不認得她是誰，她卻一步上前，緊緊捏著我的手臂，老淚縱橫地喊我的乳名，我才想起她就是我日夕思念中的乳娘。那時母親已經去世，我不禁撲在她懷中嗚咽哭泣起來。我們相扶著穿過青青的稻田，回到闊別多年的老屋裡。我如同偎依在母親身邊似的，盡情享受著乳娘給我的愛撫。在我心目中，她的笑容，她的眼淚，她的白髮，實在是世界上最美的了。可是不久，乳娘去世了，我孤寂的心靈又一度感到無依。在一個中學教書時，一位七十高齡的外國女校長卻給了我不少的鼓勵與啟示。每天一早，我總從窗口遠遠望著她捧著《聖經》，挺直了背脊，精神百倍地走進禮拜堂。她那一頭銀絲似的白髮，在粉紅的晨曦中閃著亮光，映照著她白裡透紅的皮膚，顯得她健康極了，也快樂極了。她渾身散發著一股青春的愛力，使每一個人都那麼喜歡接近她，信賴她。她時常招呼我到她溫暖的小屋裡坐坐，喝杯茶，聽她彈著鋼琴唱讚美詩，她悠揚的詩聲至今仍縈迴在我的心頭。

這兩位老婦人的鶴髮童顏，在我心中留下不可磨滅的印象，每當我精神困頓，對生活感到厭倦時，我就極力想著她們，她們的音容笑貌使我振作，使我懂得人是應該快快樂樂地活下去，來迎接一個健康有意義的老年的。

來臺灣，將近廿年，廿年中，幼小的孩子們長大了，中年人老了，可是臺灣的四季卻依舊是那麼少變化。一年中就只有春夏而無秋冬。有時，我想看秋風滿天中楓林的紅葉，這裡卻只見終年常綠的榕樹扶桑。我想徘徊在積雪的板橋，這裡卻連清霜的影子也見不到。最使我懷念的是故鄉傲岸於風雪中的寒梅，這兒卻教我從何處尋訪？於是我想：季節沒有秋冬，豈不像人生沒有中年老年，這不是太單調了嗎？「不許人間見白頭」又何嘗是真正的美？反過來說，滿山遍野白皚皚的雪景，正如老年人頭上銀絲般閃光的白髮，豈不更可以增加一份莊嚴穆肅的美呢？

白居易的詩：「鏡中莫嘆鬢毛斑，鬢到斑時也自難，多少風流年少客，被風吹上北邙山。」他勸人不要擔心老，不要怕出現白髮，能活到八十、九十，白髮皤然才是人生最美麗的境界！

「春柳池塘明媚處，梅花霜雪更精神。」冬天比春天更美麗，老年比青春更可貴。

女性與詞

讀易安詞，使我想到中國女性在詞壇上有如此崇高的地位，實在是值得我們引以為榮的。女詞人除宋代的李清照以外，清朝還有一位吳藻。她別號蘋香，所遺詞集有《花簾集》與《香南雪北詞》。她的詞名雖不及距她數百年以前的李清照，而在清代，也是名噪大江南北，與同時的男詞人納蘭成德，有如兩朵稀世的奇葩，替清代的詞壇放一異彩，只可惜她的命運也非常不幸，因遇人不淑，於備嘗憂患之餘，即掃除文字，潛心禮佛，再也不談吟事了。這與李清照晚年卜居金華，抑鬱以終，正是同樣的坎坷。讀李清照〈武陵春〉：「聞說雙溪春尚好，也擬泛輕舟。只恐雙溪舴艋舟，載不動許多愁。」與吳藻的〈浣溪沙〉：「一卷〈離騷〉一卷經，十年心事十年燈，芭蕉葉上聽秋聲。」真不能不為這兩位千古薄命女詞人一掬同情之淚。但也正為她們悲涼的身世，她們的詞也就格外的能深入感人。

廚川白村氏說：「文學是苦悶的象徵。」我想詩詞實在是文學中最足以象徵苦悶的。而詩詞之間，詞尤能傳達委婉曲折的心聲。因而詞的感人力亦更為強烈。詞不僅在外型上，韻律句調較詩變化為多，其內在的情味意境，亦遠較詩來得婉約、柔媚。王國維《人間詞話》中所說的「要眇宜修」四個字，真是道盡詞的奧妙精微之處了。

論者都把詞分成豪放、婉約二派，而以蘇辛為豪放之宗。可是蘇的「驚起卻回頭，有恨無人省。揀盡寒枝不肯棲，寂寞沙洲冷」。卻更令人感到意境超越，含意深遠。辛稼軒的「醉裡挑燈看劍，夢回吹角連營」豈比得他的「斷腸片片飛紅都無人管，更誰勸流鶯聲住」更為沉嘶而蘊藉。可見詞仍當以婉約為正宗，豪放究竟是詞的變體而非本色。

蘊藉婉約的詞，其含意在欲言未言之間，令人反覆低徊，有一種有餘不盡之味。例如牛希濟詞：「語已多，情未了，迴首猶重道。記得綠羅裙，處處憐芳草。」回過頭來再三叮嚀，並不明白說出對戀人如何的思念，卻只是說惦念她所穿的綠羅裙。惦念綠羅裙，連和羅裙相似的芳草也憐惜起來了。無限濃情蜜意，都包含在這短短十個字中間了。歐陽脩的名句：「衣帶漸寬終不悔，為伊消得人憔悴。」顯示的是一種溫柔敦厚，堅貞不二的愛情。又如馮延巳「起舞不辭無氣力，愛君吹玉笛」之句，有一份「士為知己」的高尚情操。至於顧敻的「換我心，為你心，始知相憶深」雖不能說怎樣含蓄，卻也極盡麗密之能事。

李清照的《漱玉詞》，雖只五十餘首，而首首都是明珠翠羽，精金碎玉的不朽之作。她那首膾炙人口的〈醉花陰〉，最後三句：「莫道不消魂，簾捲西風，人比黃花瘦。」固然是盡人皆知的名句，而起首兩句：「薄霧濃雲愁永晝，瑞腦消金獸。」便自不凡。她以「薄霧濃雲」的淒迷大色來襯出一個愁字，再以金爐中漸盡的瑞腦香來形容愁的無窮。這與秦少游的「欲見迴腸，斷盡金爐小篆香」有異曲同工之妙。寸斷的柔腸是無法看得見的，他以金爐中寸斷的盤香灰來比擬，設想是多麼奇妙而又恰當。

詞的感人力既如此之深，它又能如此曲曲折折地道出你深埋心底的哀怨。為以女性天賦的多愁善感，細膩柔婉的性情，實在最相宜於填詞。前文所引的雖大都是出諸男性詞家的筆下，而描摹的卻是女子的心情，表現的是委婉纏綿的女性美。若以女子本身來抒寫自己的情懷，自然更能見得出色當行了。李清照與吳藻之所以有此偉大的成就，固由於她們橫溢的才華，與淵博的學問。而她們生為女性，靈心善感，對於周遭事物的一往情深，悵觸多端，亦未始不是原因之一。

我們不一定要能填詞，但至少應當能欣賞詞。當你意興蕭索，愁緒萬千之時，捧起詞來低低吟哦著，你自會與詞中境界相悅以解，而忘卻現實的苦惱憂患。即使替古人流淚，也是痛快的。

我以為詞與人生有著密切的關係，詞可以怡悅身心，涵養性靈。一個人的才華智慧，固不可強求，而優美的氣質，仍在乎自己的培養。

「草草勞人鹽米事，何如辛苦學填詞。」所以我們無妨於勞人的米鹽瑣事中，偷閒學填詞。不是說女性個個都當成詞人，而是詞可以幫助我們保有一份溫柔蘊藉、悠閒淡泊的情操。

遊戲人間

細細體味一下「遊戲人間」四個字，就感到另有一種意味。人間不如意事固然十常八九，但若能以遊戲玩樂的心情，坦然處之，則不但不會被人間所遊戲，而且可以快快樂樂地遊戲在人間了。

遊戲並不是懶惰、閒蕩，更不是「玩世不恭」，而是保有一顆輕鬆活潑的心，把工作都看成遊戲那樣的有趣。看看孩子們吧，孩子的整個生活就是遊戲，他們搭房子、開汽車、擺家家酒——全都是他們的工作，也都是他們的遊戲，他們做什麼都毫無目的，只是因為他們活力充沛，他們要這麼不停地工作與遊戲。成人們為什麼不能學學童稚的天真活潑，視工作如遊戲，保持身心的愉快呢?就拿釣魚與打獵來說吧，整天釣不到一條魚，或捕獲不到一隻小兔，你會因此懊喪，後悔這一天的光陰都白費了嗎？不會的，因為釣魚與打獵的本身是遊戲，而遊戲的目的就包含在遊戲的過程之中，這是沒有什麼得失成敗可以計較的，只要你耽於這項遊戲，你就獲得快樂了。

西洋人常把工作與遊戲對立起來，說：「工作時工作，遊戲時遊戲。」這樣未免把工作看得太嚴肅。隨著嚴肅而來的是枯燥乏味，工作的效力也因而減低。所以我說應視工作如遊戲，把工作與遊戲打成一片，以遊戲精神注入工作之中，使工作遊戲化。而那一份快樂的情操又復從工作中油然而生，如此循環不息，我們不就可在工作的遊戲中歡度一生嗎？

要把所有的工作都趣味化是很難的，因為有些工作無論如何總是枯燥乏味的，更有些工作是艱苦的，所不同的是我們從事工作的心理狀態。如以被驅策的心理去工作，工作對我們就是折磨，如以滿心喜悅的態度去做，工作就變成了遊戲。四川抬滑杆的是一項辛苦的工作，可是他們有一個娛樂自己的好方法，他們一前一後相互唱答，前面的看到有小孩要後面的注意，就唱：「天上一朵白雲」，後面的應道：「地下一個細人」；過橋時，前面的說：「橋是兩邊空」，後面應：「行人走當中」；前面的看到一個美麗的姑娘，就唱：「路邊一朵花」，後面的接道：「把她採回家」；大轉彎時，前面的念：「左手靠得緊」，後面的應：「右手拿得穩」。他們如此一呼一答，崎嶇的山路，沉重的負荷，在他們都不覺得吃力了，這就是化工作為遊戲的好例子。教師在課堂上講課，道貌岸然，學生們不是昏昏欲睡，就是偷看小說。如能插入一二則與課文有關的輕鬆幽默故事，學生的心就被喚回來了。其他如實驗、實習、參觀等都可以提高學習的興趣，因為那已經把工作趣味化了。愛迪生一生埋首在實驗室，他卻說「我一生沒有作過一點工作」，這真到了工作遊戲化的最高境地。庖丁解牛進乎技，故能躊躇滿志，如果他把解牛看成苦差事，就不能遊刃有餘了。這就是孔子所說的「遊於藝」的境界。無怪《論語》開宗明義第一章就說：「學而時習之，不亦悅乎」了。

王國維先生說：「詩人必有輕視外物之意，故能以奴僕命風月，又必有重視外物之意，故能與花鳥共憂患。」能輕視外物又能重視外物，就是對人世的一切，能出也能入，能嚴肅也能輕鬆。若以輕鬆的心情，從事於嚴肅的工作，則人間將何往而不樂呢？

杜威說：「充滿遊戲精神的工作就是藝術。」所以我們應當好好培養這份遊戲精神。據歷史家說，古希臘人是最懂得遊戲藝術的，這使他們創造了光華燦爛的文化。我國魏晉時代的文士詩人，也最懂得享受悠閒的藝術，這是魏晉文學所以能放異彩的原因之一。讀陶淵明詩，字裡行間蕩漾著自得其樂的悠閒情趣，他有一架無弦琴，撫琴而歌，自聽弦外之音。而這位陶靖節先生卻並不是一個懶惰的詩人，他放棄為五斗米折腰的縣令，而願意做一個辛苦的老農夫，平居以勤勞訓子。他真可以說深深懂得工作遊戲化的藝術了。西洋一位哲學家說：「人只有在他遊戲的時候，才是一個完整的人。」「完整的人」就是完滿的人格。陶淵明的完滿人格，就在他「遊戲人間」的人生態度中充分表現出來，可見古今中外，生活藝術的最高境界乃是一致的。

無言之美

沉默寡言，常常以一個會心的微笑代替向對方作有聲的讚譽，而並不是沉著臉，冷冰冰的不說一句話，拒人於千里之外。

在稠人廣座中，侃侃而談，風趣橫溢，固可以博得多人的讚賞。而凝眸微笑，默默諦聽，偶爾亦加入一兩句輕鬆的趣語，似更能予人以深刻的印象。尼采說：「美的聲音是低柔的，它悄悄地流入清醒的靈魂。」低柔的音調最足以顯示一種女性美，它有如輕風敲細竹，纖手觸鳴琴，是那麼的幽雅有情致，深深叩著人們的心弦。

沉默決非陰沉，更不是呆滯，卻是於端莊恬靜的儀容中透著愉快活潑，清新淡遠。與這樣的女性相對，就如傍著一枝幽谷芳蘭、或雪裡梅花，其幽美的姿態幾乎使畫家都難以著筆，真如司空圖所謂的：「不著一字，盡得風流。」一落筆便反而「著相」了。

如果你面對一位大哲人、文豪或音樂家的塑像，不論是凝聚的眼神或低垂的眼簾，微笑的嘴角或緊閉的雙唇，都似乎透著他們智慧的靈光。你雖不能和他們交談，那一派神聖、莊嚴的氣氛卻會籠罩著你，澄清你的俗念，使你感到和他們很接近。美國的林肯紀念堂，當遊人駐足仰望時，都會有此感受。

聖徒有一段非常好的話：「燈塔不會說話，但它的光照耀，燈塔不擊鼓也不敲鐘，然而在遙遠的海面，船員們看見它可親的閃爍。」這是值得我們深深體味的。中國也有一句類似的古語：「桃李無言，下自成蹊。」不會說話的燈塔與無言的桃李，何以能使人如此嚮往，是因為燈塔有閃爍的光芒，桃李有雅淡的芳香。可見沉默無言不是空疏，相反地，正是由於他豐富的內涵和謙沖的風範。

年輕人愛辯論、好發表意見是值得嘉許的。但知道十分，只說五六分，比知道五六分卻要說成九分十分的，一定更容易受人敬重。因為他懂得保留的藝術，和謙虛的美德。孔子說：「君子欲訥於言而敏於行。」又說：「剛毅木訥近仁。」都是勸人少說話，多致力學問。我們時常浪費寶貴的光陰在無益於身心的閒談上，卻不知節省精力以補讀生平未讀之書，這是十分可惜的。固然二三知己，暢談竟夕，笑語琅琅，未始非人生一大快事。而暢談後若能有片刻的沉默，似乎格外令人懷念。可見有時的確是「無聲勝有聲」，這境界是只可意會而不能言傳的。

可是，當一個朋友犯了過錯或有什麼痛苦時，我們務須以一片摯誠勸導他，安慰他。這種勸導與安慰，就有如古寺中的木魚清磬，暮鼓晨鐘。對於苦悶的心靈，是具有莫大安定作用的。更有對旁人辛勞的工作或可觀的成就，我們要以言語表示由衷的欽佩。這對於自身是無上快樂，在對方更是一份鼓勵與安慰。在這種時候，你如仍默無一言，就顯得漠不關懷了。最近有一天，我正在午睡，被一陣呱呱的噪音吵醒，開門出去一看，原來是幾個掏溝的清道夫，我看他們冒著炙熱的太陽，汗流滿面。就用生硬的臺灣話對他們說：「你們在這樣正午時候工作多辛苦呀！」他們馬上面露笑容，有一個問我：「是不是吵了你睡覺？」我也笑著搖搖頭，回屋後又安然入睡。醒來時，見溝中清除得比往日更潔淨，這未始不是由於那句慰問的話呢？我並不是說要用言語取悅於人，而是覺得人與人之間，親切的關懷而見之於言辭，乃是不可缺少的。

王國維先生《人間詞話》中所說的三種境界，頗可以用來比喻無聲之美。他說的第一種境界是「昨夜西風凋碧樹，獨上高樓，望斷天涯路」，第二種境界是「衣帶漸寬終不悔，為伊消得人憔悴」，第三種境界是「眾裡尋他千百度，驀然回首，那人卻在燈火闌珊處」。我想「獨上高樓」，必然是無言地望著天涯路，「衣帶漸寬終不悔」，豈不是默默無言的忍受相思之苦？至於「那人」獨自佇立在燈火闌珊之處，而不願擠在熱鬧場中，則其孤高沉默，更是可想而知了。

我極欣賞兩句詞：「長溝流月去無聲。杏花疏影裡，吹笛到天明。」花月無聲，美人弄笛，這又是多麼淡泊悠閒的情境呢！

順乎自然

陶淵明的「採菊東籬下，悠然見南山」，其可愛處便在「悠然」。他對山水田園的愛好純出於自然，因而心靈亦自然而然地與山水田園融為一體。這也許是王國維先生所謂的「物我為一」而至於「物我兩忘」的境界。與他齊名的另一位山水詩人謝靈運，對於山水的愛好卻不像他那樣出諸悠然的態度。他愛山水，他追求山水，他要征服山水，那一份渴望急迫的神情，不但在他的詩中讀得出來，在他的行徑上更看得出來。當他赴任永嘉太守的時候，他放棄康莊大路不走，卻帶了一批隨員，穿著草鞋，背起斧頭鏟子，從叢岩峻嶺中，闢山開徑到了永嘉。永嘉的老百姓看見這批衣衫襤褸、鬚髮不理的人都嚇一跳，還以為山賊光臨了。像這樣的遊山，就跟陶公的悠然大異其趣了。謝康樂的詩最被人傳誦的是：「池塘生春草，園柳變鳴禽。」其實這兩句詩並沒有什麼了不起，只是在他的詩集中可以說是最自然最不著力的了。而這樣自然的句子卻是他因懷念弟弟，在夢中得來的。可見耽於苦思的詩人，要信手拈來也不容易，除非在潛意識的夢中。

魏晉時代，因局勢紊亂，有見地而又不願與聞政治的文士詩人，都以遊山玩水，吟風弄月，以及清談玄學來逃避現實，一時蔚為風氣。要說呢，恣情山水，應該是最懂得自然之美的。可惜魏晉人卻以此自命清高，甚至到了矯揉造作的地步，反倒失去回返自然的意義了。舉一個例子來說：魏晉人最講求風度——一種雍容淡泊，與世無爭的悠閒風度。因而他們穿衣服要穿得非常寬大，所謂輕裘緩帶。而且酒後在風露中散步閒吟，表示他們的優遊歲月。他們常服一種很貴重的藥叫做五石散，是由砒霜配合而成的，服後渾身發熱，皮膚乾燥。所以必須穿寬大衣服不至擦破皮膚，冬天也要站在風裡乘涼，才感到舒適。表示他們是有錢有閒的士大夫階級，這已經是夠矯情的了。可笑更有一些窮文人，買不起五石散，穿不起輕裘緩帶，他們卻不甘心被人看出窮酸相來，他們寧可穿著薄薄的衣服，在西北風裡「賣凍」。問他幹什麼，他就得意地說：「我剛服了五石散，渾身發熱。」這副可憐相，就與孟子所說的有一妻一妾的齊人差不多了。由此可見魏晉時代有一批文人的欣賞自然，與自然的距離反倒差一大截了。

謝安是東晉時桓溫的司馬，在與秦苻堅的一場淝水之戰中，他的姪子謝玄戰勝了。捷報傳來，他正在和朋友下棋，朋友問他什麼事，他壓制住滿腔興奮，只淡淡地說：「小兒輩遊戲得勝了。」可是他在棋罷進屋時，高興得路都走不穩，一不小心，把木屐的齒都跌掉了。這也可以說他做作的工夫還沒到家。像這樣喜怒哀樂的情緒都要掩飾起來的人，還談什麼退隱林泉，嘯傲山水呢？

可見順乎自然真不是容易的事，寫文章能自然到不著斧鑿痕跡也是一樣的難。韓愈是主張解放六朝文的拘束而恢復到秦漢文體的散文家。可是他自己寫文章，撇開筆法不談，至少在感情上如〈送窮文〉及〈祭鱷魚文〉等，就不免有許多做作的地方。他模仿杜甫的〈北征〉寫了一首〈南山〉的長詩，把山川草木、蟲魚鳥獸的名稱，幾乎全部搜羅在內，以顯示他的淵博，讀起來卻像一部類書，索然無味。而他的朋友孟東野卻只用了短短十個字，便寫出了終南山的險與奇，那就是：「南山塞天地，日月石上生。」這十個字多生動，多自然？而它的效果卻遠勝於洋洋數千言的刻意求工。蘇東坡為文如行雲流水，行乎其所不得不行，止乎其所不得不止。內心有怎樣的感情，就說怎樣的話，此東坡文章之所以有豪放也有沉鬱，有禪理也有人情。與他的為人一樣，爽朗、洒脫而真摯，千載以後，也可以想見他的風範。

北宋詞人晏同叔有兩句詞：「梨花院落溶溶月，柳絮池塘淡淡風。」字裡行間溢漾著一派恬靜沖和的情調。這正見得大晏的風度不凡。較他另外的兩句名句：「無可奈何花落去，似曾相識燕歸來」，更自然，更不著力。所以作詩詞，寫文章，乃至於為人處世，順乎自然應該是最美的，也是最真摯的。

由此可見怎樣才是順乎自然，得自然之妙趣。怎樣就是違反自然的矯揉造作。在今日，生活方式不像古人那般簡單，社交關係如此繁複。為人處世，如果要勾心鬥角，爭個你長我短，那是「強中自有強中手」，是無論如何鬥不過人的。那麼應該怎樣呢？還是那句萬變不離其宗的話：「但求順乎自然」。與朋友處，合則留，不合則去。友情的基礎應建立在真摯上，虛偽的應酬是得不到真朋友的。美國人叫人不要客氣說：「希望你跟在自己家裡一樣」，這句話非常有意思。一個人的精神還有比在自己家裡更輕鬆自在的嗎？與朋友相處如家人，這個友情就永久了。如果時時感到拘束，就是一件苦事，還有什麼樂趣可說呢？

愛的教育

幼年時伏在母親的書桌邊，看她寫字，她隨手抄了「自織藕絲衫子薄，為憐辛苦赦春蠶」這兩句詩，問我懂不懂。我只覺得念起來音調很好聽，「藕絲」、「春蠶」這些東西很可愛，卻又不懂得是什麼意思。母親解釋給我聽說：「這是告訴我們蠶寶寶吐絲作繭，萬般辛苦，為的是延續自己的下一代。可是人們卻利用牠們，把牠們用滾水燙死，取了牠們的絲，還吃了牠們的屍體，實在是非常殘忍的事。所以詩人幻想著能用藕絲來製作綢緞，代替蠶絲，以免牠們成千成萬的生命犧牲在湯鍋裡。因此我格外喜歡這兩句詩，你現在懂了吧！」

我聽了她的話，心中非常感動。母親是位開明的佛教徒，她並不迷信，卻儘可能地不殺生，她說戒殺並不是怕什麼因果報應，或是求福求壽，而是人類應有的一點「仁慈的心」。

記得有一次，頑皮的哥哥提了一壺滾開水灌進了螞蟻穴，一霎時屍浮遍野。被母親看見了，把哥哥重重地揍了一頓。她教訓他道：「螞蟻在地上遊戲，礙你什麼事？你要殺死牠們。我若是把一壺開水從你背上澆下去，你痛不痛呢？」我看見母親眼裡閃著淚水，就知道她為哥哥這種「暴行」生多大的氣。她平時總不許我們虐待小動物或昆蟲，例如捉到蜻蜓折斷牠的翅膀，把蟬套在竹枝上吱吱的轉，都是她所痛恨的行為，我們也就不敢再惡作劇了。

如今年歲大了，越發體會得天地好生之德的道理。對於有生命的東西，總存一份憐憫心腸。蕭伯納說得好：「看哪，蒼蠅正在搓著牠的手，牠的腳呢！」可見芸芸眾生，都在享受生的樂趣，牠又豈料何時大禍將臨呢？

對於我的孩子，我也不時注意他的行為，不讓他養成殘殺昆蟲，虐待動物的不良習性。他小時候，我看他用小手指捕捉地上的螞蟻，就柔聲地對他說：「你別捉牠，牠痛，牠要哭。你看，牠們在找爸爸媽媽呢！」我又指著一隻較大的螞蟻說：「這是牠的媽媽，媽媽來找牠的小孩啦。」他聽得很有趣，就端張小竹櫈兒坐著看，還攔著旁人說：「別踩牠，牠在找媽媽。」我看他一臉純真渾厚的神情，不由得欣慰地笑了。

我家的一隻小花貓，也成了他的好朋友，他不攫牠脖子，不拉牠尾巴。每天早上他喝奶，我就替他倒一小碟子放在他腳邊給貓咪吃。我要讓他懂，有好東西應當慷慨地和朋友分享。也許我這種教孩子的方法太婆婆媽媽了，可是我想能隨時啟發孩子的同情心，培養他們仁愛的天性總是好的，這是我們民族傳統的精神。儒家思想，就是親親，仁民，而後能愛物。古人說：「為鼠常留飯，憐蛾不點燈。」其中蘊蓄著多麼濃郁的人情味，多麼廣大無邊的愛！我每一想到大陸匪區的兒童們，沒有自己的家，也不再懂得愛父母，就越發感到對於我們的孩子，愛的啟發與培養該有多麼重要。

現在，讓我來講一件有趣的事給大家聽。連日豪雨過後，我家門前水溝中忽然出現了一隻烏龜，鄰家的孩子正想把牠捉去，我連忙說：「這是我買的。」就把牠搶救了回來，放在大盆子裡讓牠悠遊自在的爬來爬去。孩子問我：「媽媽，牠的爸爸媽媽呢？」我笑著告訴他說：「牠的爸爸媽媽在鄉下，明天就要把牠送回家去。」他又說：「別踩牠，牠痛啊！」然後撒些餅乾末子給牠吃。第二天，趁外子上班之便，用紙匣裝了請他帶到鄉下，丟在水塘裡，讓牠回到大自然的懷抱，永免殺身之禍。他回來時神情愉快地告訴我說：「真有意思，我把龜丟向水塘中心，是希望牠能爬遠些，別又被人捉去，誰知不一會牠就爬著回到岸邊，昂起頭，閃著一對小眼睛衝著我看半天，然後慢慢地退回去。一會兒，又游上來，再向我看半天。如是者三次，牠才徐徐沒入水中不見了。回到辦公室，把這情形講給同事聽，有一個同事說：龜是極有靈性的小動物，你放牠的生，牠知道感激，所以要依依不捨地回頭三次。你看這不是奇怪的事嗎？」我聽了也很高興，倒不是佛教徒積福積德的想法，而是因為他不但沒有把龜烹而食之的念頭，反肯協助我此一善舉，使我十分感激他的好心腸。

孩子在晚上上床時，還念念不忘地問我：「媽媽，蟲蟲呢？」我說：「蟲蟲回家了，牠找到媽媽啦！」他拍著小手高興地喊道：「啊！蟲蟲回家囉，蟲蟲好乖喲！」

這雖是偶然發生的一件小事，卻也給孩子上了愛的一課。

心照不宣

「但得兩心相照，無燈無月何妨」。低徊地吟誦著這兩句纏綿婉轉的詞，你會體會到兩顆堅貞皎潔的心靈，結合在一起，該是多麼美好，多麼幸福。人生至少要有一個知己，可以共患難的朋友，正如我們必須有一二部精讀的書，生命才不至於虛抛。於危厄困難中，才有人替你分擔。

知音固然可遇而不可求，而一朝獲得以後，則必能鍥而勿捨，永結同心的。我說永結同心，並不一定指異性之間的愛，就是同性的朋友，相知極深時，也應當互信互賴，砥礪策勉，以期止於至善。古人說：「二人同心，其利斷金。同心之言，其臭如蘭。」就是對崇高友誼的歌頌。

人們往往嘆息世道衰微，人情淡薄，交友不易，得知音尤難。俗語不是說嗎？「逢人只說三分話，不可全抛一片心。」這幾乎成了我們的處世哲學。可是如果你敞開你的心扉，廣大地接納人們對你的善意與關懷，你會發現，這個世界仍是充滿溫情的。愛默森說：「雖然自私自利像西風般使世界感到陣陣寒冷，但整個人類仍舊沐浴在愛裡。我們遇到過多少人啊，我們很少和他們說過話，但他們尊敬我們，我們也尊敬他們。他們眼中射出的光就是無聲的言語。讀讀這些眼睛裡流露出來的言語吧！心靈自會理解他們的。」「沐浴在愛裡」，這是人人所期求的幸福。兩心相照，就是互相沐浴在對方的愛裡。因為他們之間是懂得如何去愛和如何領受愛的。我相信每個人都應當有他最知心的朋友。那就是說，每個人都有一個自己的小天地。在這小天地裡，他表現了真正的自我。他所說的、所聽的，都是肺腑之言。他的行為是與他的人格一致的，在這小天地裡，一切都顯得燦爛而光明，生活更是溫暖安全的，因為他的心靈有了安息之所了。

無月無燈的黃昏，也許是帶幾分詩情酒意的，但如果只剩下一個人踽踽獨行，心頭的悽惶是可以想見的。而一個人，在生命的路途上，誰能免得了遇到無月無燈的幽暗時刻呢？在這情境中，你就會想起關懷你、願為你分擔憂患的人來。這一份溫暖，這一縷曙光對你的支持不受時空的限制，而其力量更是無窮的。它使你在失望、疲乏、困頓中站起來，因為一顆愛心在照耀著你，你自覺光明在望了。朋友以摯誠相交，兩心相契，一切都順乎自然。因為友情也跟愛情一樣，不可強求。有的人，時常會面，卻永遠生疏。話不投機，又何必虛與委蛇。有的人，一見如故，相逢恨晚，爽朗明快，如長江大河，自然就成了莫逆。有的人呢？木訥寡言，就像一泓秋水，靜靜的，深深的，要慢慢兒才發現他的學問德性。前者多屬豪友，後者多屬逸友。無論是性情之交，學問之友，或豪逸兼而有之，都是可遇而不可求的。而人生只要得一知己，便可無憾了。

我以為友情的獲得就像作詩的靈感似的，古人有一首吟靈感的詩說：「我去尋詩定是癡，詩來尋我卻難辭。今朝又被詩尋著，滿眼溪山獨往時。」滿眼溪山，便不覺詩意盎然。而溪山之美，正有如好友可愛的面目。辛稼軒詞不是說嗎？「我見君來，頓覺吾廬，溪山美哉。」於此足見友情的彌足珍貴了。

說起患難中友情之可貴，我國歷史上有不少動人的故事：春秋時代晉國大夫叔向獲罪下獄，他的好友祁奚為他去見范宣子，力說叔向不但無罪，而且是一位社稷之臣，范宣子勇於納諫，立刻釋放了叔向。祁奚從范宣子處回來，並沒有去看叔向，告訴他這段經過。叔向於開釋後也並不曾去看祁奚，感謝他的營救之恩。像他們這樣的交情，真可說得上「心照不宣」四個字了。祁奚不必對叔向說明，而叔向心知自己的獲釋是由於祁奚的仗義執言。叔向不必向祁奚道謝，而祁奚也不會怪他。所謂「人之相知，貴相知心」，這才是友誼的最高境界。還有齊國的管仲，對他的摯友鮑叔牙，乃有「生我者父母，知我者鮑子」之嘆。他們的故事，亦傳為千古美談。

後漢時代張劭、范式也有一段感人的故事。張劭歸省母，范式與他約定兩年後的某日到他家裡拜母。到那一天，張劭請母親殺雞置酒以待，母親說：「二年之期，千里結言，巨卿（范式字）何能守約？」張劭說：「巨卿信士，必不爽約。」不久，巨卿果然來了，後來張劭病故，發喪時，棺木沉重不能前進，其母撫棺哭問：「你豈在等待巨卿嗎？」語未已，遠遠地果見范巨卿素車白馬，號哭而來。原來巨卿已先夢見元伯（張劭字）去和他訣別了。朋友的心靈相通一至於此，確實令人感動。

清朝的顧梁汾，為他流放在寧古塔的朋友吳漢槎寫了兩首〈金縷曲〉。詞意之悽楚，關懷之深切，令讀者無不泫然欲涕。他勸他的朋友：「詞賦從今須少作，留取心魂相守，但願得河清人壽。」他的意思是說：「你不必多寫詩詞以求博取一般人的同情。只要我了解你，相信你，我們的心魂能永遠相守，企望著光明時日的降臨就好了。」這就是他給孤忠的吳漢槎唯一的也是最珍貴的慰藉。難怪多情的詞人納蘭成德讀了這兩首詞，感動萬分，而懇求他的父親召回了吳漢槎。

這些故事都告訴我們，知己之情確乎是可歌可泣的，而這一份情誼的獲得，又豈是偶然的呢？

現在讓我來引名著《約翰克利斯多夫》裡的一段，來給本文作結：「得一知己，把你整個的生命交託在他手裡，他也把他的整個生命交託給你；終於能夠休息一下了。當他酣睡時，你為他警戒。你酣睡時，他為你警戒。快樂的是保護你所疼愛的，像孩童般信賴你的人。更快樂的是傾心相許，剖腹相示，一身為知己所左右。當你衰老了，疲倦了，多年的人生重負使你感到厭倦時，能夠在朋友身上再生，回復你的青年與朝氣。用他的眼睛去體驗萬象回春的世界，用他的感官去抓住瞬息即逝的美景 ， 用他的心靈去領略生活的壯美……」

念著這一段，體會著溫厚如醇酒的友情，心頭感到多麼欣慰呢。

詩人的心

大文豪漢明威有一段有趣的軼事。《醜陋的美國人》的作者從拍賣行以高價買得一箱上等威士忌酒，他取出六瓶向漢明威交換六點寫作的訣竅。漢明威在機場起飛前告訴他第六點說：「成為一個作家，最要緊的是要有幽默感與同情心。」然後他問年輕人說：「朋友，你嚐過那酒嗎？」他回答說還沒有，因為他是省著打算開派對用的。漢明威說：「那麼在開派對以前，你最好自己先嚐嚐。」他回來打開一瓶來一嚐，原來是茶和水沖的假貨。他才知道上了大當。他抬頭望著天空，想著漢明威的話，深深體味了什麼是幽默感與同情心。不然的話，他受了欺騙與愚弄，一定會去與酒店老闆打一架的。

這種寬大確乎是常人難以做得到的。但一個人在惱怒怨怪旁人時，試著咬一咬嘴唇，忍住衝口而出的粗聲大氣，設身處地想一想對方，也許氣就平下一半了。記得在求學時代，有一次隨老師搭公共汽車，下車時太擠，司機不耐煩，竟罵我們是豬玀。我非常生氣，可是老師卻笑嘻嘻地說：「你要想想他的工作多單調，停了開，開了停，永遠沒有終點，也沒有目標，而乘客們呢？卻是上課啦、訪友啦、看電影啦，各有令人興奮的目標，被他罵兩聲也無妨一笑置之了。你不是要學習寫作嗎？那你就必須要有一顆溫柔敦厚的同情心，時時體驗人情，觀察物態，千萬不要對人憎恨，這就是佛家所謂的大慈大悲，廣大靈感。有廣大的靈感，才能寫文章。」他又對我說：「一個人不一定是教徒，卻要有一顆虔誠的心，不一定成為詩人，卻要有一顆詩人的心。」

二十年來，這兩句名言，時時在心。「詩人的心」並不是指的吟詩作賦，卻正是漢明威所說的「幽默感與同情心」。

「幽默」原是外來語的譯音，西洋人非常講求幽默感。大政治家、思想家、文豪之所以能發揮他們智慧的光芒，都因為他們有高度的幽默感。我們中國人並不是不懂得幽默的民族。先秦時代的莊周就是最早的幽默大師。他講的故事並不亞於《伊索寓言》之發人深省。他有一次向朋友借貸，朋友推說等賣了地再借他。他就講了個鮒魚求斗勺之水的故事，鮒魚說 ：「如等你掏了西江之水來 ， 就將索我於枯魚之肆了。」如此的含蓄幽默，說的人聽的人都不會動氣，多好呢？記得有一個笑話說一個主人以劣酒待客，客人嫌他酒酸，主人竟把他吊了起來。接著又來了一個客人，問何以被吊，他說了原因，第二個客人說：「讓我也嚐嚐究竟如何？」他嚐了一口笑笑說：「老兄，把我也吊上吧。」主人不好意思，就把客人放下來了。這是以幽默代替直言指責的好故事。這一類小故事在我們的歷史上，民間故事裡俯拾皆是。可見幽默是一種寬和與機智，可以扭轉乾坤，化戾氣為祥和。

某機關有一個職員每天都遲到一小時，有一次他的單位主管在他進來時，看了下腕錶笑嘻嘻地說：「奇怪？怎麼我的錶總比你跑快一個鐘頭呢？」那職員有點不好意思，第二天就準時了，他非常感激主管的寬大和幽默。如果主管對他聲色俱厲地說：「明天不可遲到。」他固然不會遲到了，但只是出於畏懼而非感激。有一次，我有事隨外子從他的辦公室搭電梯下來，那時已是下班以後，電梯裡他們幾個同事談笑風生。到某一層樓進來一人，嚴肅的臉上毫無笑意，大家的笑聲悠然而止，原來進來的是他們的經理。我奇怪他為什麼不輕鬆地參加談笑，而要擺出一副上班時的上司面孔呢？比起前面所說的那位主管，幽默感大概要差一點吧。

說到同情心，沒有比孔子所說的「仁」字更博大，更完整的了。孔子告訴樊遲「仁」就是「愛人」，這是亙古不變、放之四海而皆準的最平易近人的道理。一個有志於寫作的人，如果沒有愛心，不能近取比，設身處地的去感受萬事萬物，如何能寫出動人的小說、美妙的詩篇呢？

不但是寫作，從事任何一種行業都是一樣。我服務司法界多年，我眼看許多兩鬢斑白的老法官，一生鞠躬盡瘁於判別是非，明辨善惡，勞而無怨，不能不使人肅然起敬。一個好法官能夠公正不阿，就是基於推己及人的愛心。法官痛恨罪惡，可是對於犯人仍當寄予無限同情。雖然判處死刑，也當以悲天憫人之心為之。歐陽脩寫他父親判案閱卷，嘗至深夜不寐，他告訴他的夫人說：「求其生而不得，則死者與我皆無恨也，矧求而有得耶？」那就是虔誠地探求事實真相。多麼公正，多麼仁慈。美國有一位佈道家，曾在獄中工作兩年，當他讀了受刑人犯案記錄時，不禁心為之碎。他因此了解犯人在什麼環境中長大，什麼原因使他犯罪。他認為每個人都有可憫恕的原因，都可以改過遷善。懷有如此菩薩心腸的人，才配當獄官。

詩人說得好：「但覺此心春長滿，須知世上苦人多。」西哲也說：「仁厚的性情是心靈的陽光。」在一片和煦的春陽裡，讓我們來培育一顆「詩人的心」吧。

春回大地

連日來細雨霏霏，陽明山的杜鵑，在雨絲中綻開了嫣紅的花朵，櫻花亦將吐蕊，春天又回來了。「新年鳥聲千重轉，二月楊花滿路飛」，這是庾子山筆下令人賞心悅目的駘蕩春光。吟著這兩句，就使我懷念我的第二故鄉杭州。西子湖現在還沉睡在霜雪中，而孤山的寒梅已經在報春訊了。再過一個月，就是桃花柳絮滿湖堤的瀾漫春色。六橋三竺，仕女如雲，杭州人所謂三冬靠一春。西湖的春，真不知陶醉了多少遊人。可是我現在在臺灣，西湖春色，邈不可接。既不能插翅飛回故鄉，更何計使青春長駐。儘管婉約的詞人吩咐我們：「若到江南趕上春，千萬和春住。」卻明明是無可奈何的趣語。無怪飽經憂患的杜甫，要吟出「一片花飛減卻春，風飄萬點正愁人」的傷春之句了。這位老年坎坷的詩人，傷感地說：「花飛有底急，老去願春遲。」他晚年落寞的心情，對短暫的春光愈加依戀，正表示他對人生的深摯執著之愛。可惜他窮愁難遣，終於在顛沛流離中告別了人世。

來臺灣忽忽度過多少春天，這個四季不分明，也可說四季如春的寶島似乎是無春可「趕」。在江南現在正是草長鶯飛，在此地——臺北，春卻沉睡在雨季中。固然太陽一露臉，春就會覺醒，可是才一覺醒，初夏的熱帶風就匆匆把它趕跑了。春是如此的「倏而來兮忽而逝」，心情也隨之悲喜無端。除非能學著蘇東坡那一派「也無風雨也無晴」的豁達精神，天涯羈旅，真有點難以自遣。

正因為臺灣的春太不分明，也太短促，所以我們必須在心理上予以延續，保持長久的春天。這心理上的春天，是不受外界風雨晦明的影響的。聰明的先哲告訴我們說「快樂是一個人心境上的春天」，這才是長駐的春天。可見得境隨心轉，春亦隨心轉。一樣的風雨落花，悲苦的杜老要埋怨「風定花猶落」。曠達的俞曲園就說「花落春猶在」。南宋詞人王碧山，對於逝去的春光亦寄以無限希望地說：「縱飄零滿院楊花，猶是春前」。更有的詩人說：「未有花時已是春。」念念這些詩，心頭就像吹拂著和暖的春風，感到人間原是充滿希望與幸福的。

那麼如何保持心境上永久的春天呢？還是讓我們來向春請教吧！春是無私的，雨露給所有的草木染上新綠。春是帶有朝氣、令人奮發的，一個快樂的人應當是滿面春風。看春風拂過水面，作成美妙的細細漣漪，卻不會掀起驚濤駭浪。春風洒在花枝上，平添無限嬌艷，卻不至墜粉摧紅。我們心情上偶爾掠過一絲輕愁，就應當像春風春雨一般，來得那麼輕柔，忘得十分迅速，因為我們的心應該是春天的太陽，隨時會散佈溫暖的光輝，驅散陰霾。

陸放翁有兩句詩，「桃李春風一杯酒，江湖夜雨十年燈」。我一直非常喜歡這兩句詩，因為它不僅音調美，更透著漂泊者一份輕淡的哀愁。我卻別有會心。「桃李春風」是象徵人生的盛年，杯酒聯歡，以文會友，豈非「天涯何處無知己」。「江湖」不是「萍蹤飄泊」，而是「四海為家」。「夜雨」的情調不是蕭疏，而是靜中有聲、聲中有靜的「小夜曲」。「十年燈」不是淒清孤寂的漫漫長夜，卻使我望見了自由女神手中高舉的永恆之光。

第 三 輯

靈感的培養

古人說：「文章本天成，妙手偶得之。」所謂「妙手」，就是神來之筆，也就是靈感。寫文章必須靠靈感。靈感不來，即使對紙筆枯坐竟日，亦難得一句。有一位詩人寫了一首很有趣的詩：「我去尋詩定是癡，詩來尋我卻難辭。今朝又被詩尋著，滿眼溪山獨往時。」這個「詩」字，廣義的說是指的靈感。他說沒有靈感時，勉強作詩是個傻子，可是靈感找到你時，欲罷不能。而靈感在什麼時候會來呢，就在踽踽獨行於青山碧水之間的時候。

如此看來，靈感真好像是個小精靈，倏而來兮忽而逝，由不得自己作主。如真是這樣的話，必須具備山明水秀，或明窗靜几等極好的條件，才能靜下心來寫作。那麼寫文章就太難了。其實並不盡然，靈感並不是什麼神祕之物，它就是你自己的方寸靈臺，你平時對周遭一切事物的感受與體驗。這一份感受與體驗，就是你寫作的無盡泉源。朱晦庵先生有一首詩，可以借來作為比喻：「半畝方塘一鑑開，天光雲影共徘徊。問渠那得清如許？為有源頭活水來。」方塘就比如我們的心田，天光雲影是一切世間相，你必須要有源頭活水來培育這一顆善感的靈心，靈感才能充沛。所以我說靈感不是憑空從天上掉下來的，靈感全靠細心的體驗感受和觀察得來的。這話說起來都是老生常談，並無奧妙之處。可是要體驗感受觀察，卻要有一顆悲天憫人的同情心。佛家說：「佛法在世間，常存世間覺。」對世間芸芸眾生，都要以「大慈大悲」之心去體察，才能獲得「廣大靈感」。

所以我認為有志從事寫作，第一要有廣大的同情心，時時體驗人情，觀察物態，然後以溫柔敦厚之筆，寫出真善美的文章。

舉個例子來說，唐朝詩聖杜甫，他身經安史之亂，一生憂患備嘗，很少有豐衣足食、窗明几靜的環境供他吟詩。可是他的詩首首都是從心靈深處湧出的血淚文字。他的〈北征〉長詩之感人，可以上追屈靈均的〈離騷〉。他寫盡了自己的流離顛沛之苦，描述了一路上哀鴻遍野的悽慘情景，更痛心於政治的紊亂、社會的不安定。一字一句，都是親身體驗所得。他並不是只關心自己痛苦的個人主義者，他愛國家愛同胞愛朋友，此所以他的詩寫得如此之真，如此之善，如此之美，使千載後的讀者，為之感慨唏噓，可見得真摯感情的重要。劉彥和《文心雕龍》說：「情為文之經，辭為文之緯。」白居易說：「聖人感人心而天下和，感人心者，莫善於情。」章學誠也說：「文不足以入人，足以入人者情也。」都看重一個情字，情就是文章的靈魂。只有辭藻而無真情，就是沒有靈魂的軀殼，就談不到美，更談不到善了。

所謂真情，並不一定是只寫一己的感情，抒發一己的悲怨牢騷。對凡事凡物體會得深刻，寫一切世間相都可以表現出真情，才能引發讀者的共鳴。「世事洞明皆學問，人情練達是文章」，也就是此意。白居易寫〈長恨歌〉不是自己的事，卻寫得如此悱惻纏綿、贏人熱淚。司馬相如為被廢棄的陳皇后寫了一篇〈長門賦〉，武帝讀後，深為所感，因而使陳皇后重獲眷顧。相如寫的也不是自己的事，可是他能設身處地體會一位禁閉在長門宮中失寵皇后的痛苦，才寫得如此真切感人。這就是所謂的大慈大悲，廣大靈感。

談到設身處地，也是非常淺近的道理。俗語說「將心比心」，孔子說「近取比，可謂仁之方也已」就是設身處地為人著想。文藝心理學上有所謂移情作用，就是這種境界。將我的感情移注於事物，與該事物合而為一，亦即主觀的體驗。但在寫作時，仍當由主觀中跳出，用客觀的態度描述才能逼真。王國維論境界有「有我之境」、「無我之境」，前者是主觀的，後者是客觀的，二者相輔而用，並不衝突。例如曹雪芹，他如閱世不如此之深，對大家庭的盛衰、愛情的痛苦衝突，沒有親身經歷，絕寫不出一部《紅樓夢》來。而《紅樓夢》中每個人物，他都是客觀地賦予獨立的人格與個性；一個個刻劃得維妙維肖，這才是千古不朽的巨著。

由此看來，寫文章第一是真，真了才能談到善與美。凡是真的，必定是善的，再加上文字的技巧，就自然美了。美與善也是不可分的，美的文章必定包含真，而不善的東西一定不會美。這是我個人不變的主張。文學理論家始終在爭論的，就是一個作家應該為文學而文學，抑為人生而文學。我想這根本是不必爭論的。文學反映人生，文學絕無法脫離人生。唯美派的文學，所表現的也是人生的美。無論他寫山水之美也好，寫社會之醜也好，只要他是以全心靈寫的，就是表現人生，也自然包含了善。韓昌黎的「文以載道」之說，看來雖然嚴肅了點，但這個「道」並沒什麼奧祕之處，它就是實用世界的一切世態人情的綜合。人就是飛到太空月球上，也不能離群索居，也得找個對象發表你的感情。無論什麼文章，一寫出來就發生了它的社會意義，也自然發生它的宣傳作用。不要輕視宣傳二字，宣傳原是佛語「宣講傳述」之意，就是我內心的話，要說出來，要你了解。生而為有感情思想的人類，誰能封閉自己的感情不與同類溝通呢。詩人說：「得句錦囊藏不住，四山風雨送人看。」錦囊的詩句，儘管不是什麼經世道理，儘管只是個人一時的哀樂之感，但送給人看了就發生共鳴作用，就是為人生而文學了。

再舉個淺顯的例子，主婦們洗手調羹，必須是色香味面面俱到。但進食的主要目的是營養，為了這個目的，必須要美化食物，使吃的人易於接受與吸收。那麼營養是善的部分，色香味就是美的部分了。又如肅穆的教堂，一切建築與雕刻，裝飾佈置，彌漫著莊嚴的宗教氣氛，使人們深深地感受到了，因而引發對宗教的信仰。這就是善與美的不可分，而善更有賴於美而臻於至善之境。因此我認為真善美的一致，是文學的最高境界。

中國歷代婦女與文學

《禮記》說：「溫柔端厚，《詩》教也。」這是讚美我們一部最古的文學巨著《詩經》的話。我認為拿這話來讚美我們東方女性，是再恰當不過了。因為東方女性，最具有溫柔端厚的美德。從《詩經．國風》的許多篇章裡，從古代的其他許多詩歌裡，都可以看得出中國女性含蓄寬恕的美德、堅貞高潔的情操。這些詩，有些是文士們替她們寫的，有些是女性自己唱出的委婉心聲。使我們現在讀起來，還為之蕩氣迴腸，低徊嘆息不已。例如〈國風〉的〈邶風〉中有四首詩是衛莊公夫人莊姜的作品。這四首詩是〈綠衣〉、〈燕燕〉、〈日月〉、〈終風〉。莊姜是一位美麗高貴的女性，也是我國最早的女詩人。〈衛風〉中的〈碩人〉就是描寫她的美麗容貌的，詩中寫她：「手如柔荑，膚如凝脂，領如蝤蠐，齒如瓠犀，螓首蛾眉。巧笑倩兮，美目盼兮。」更描寫了她做新娘時喜氣洋洋的盛況。可是莊姜是一個薄命的佳人，她沒有生育子女，莊公為寵妾所惑，冷落了她，她在〈日月〉中悲嘆著：「日居月諸，照臨下土。乃如之人兮，逝不古處！胡能有定？寧不我顧！」可是她有著充分忍耐的美德，在〈綠衣〉中，她勉強控制自己的哀痛說：「綠兮衣兮，綠衣黃裡。心之憂矣，曷維其已……絺兮綌兮，淒其以風。我思古人，實獲我心！」莊公寵妾之子州吁侮慢了她，她寫了〈終風〉一首以表明她堅毅勇敢的情操。當她親如手足的宮中姐妹戴媯歸寧時，她寫了〈燕燕〉一首為她送行：「燕燕于飛，差池其羽。之子于歸，遠送于野；瞻望弗及，泣涕如雨……。」使千載後的讀者，也不禁為這位命運坎坷的女詩人而泣涕如雨了。

此外《詩經》中更有許多不知名的女性作家，例如〈柏舟〉，是一個女子不得她夫婿的歡心，於極度悲憤中說出她的愛心仍堅定不移，她說：「我心匪石，不可轉也；我心匪席，不可卷也。」對於對方也沒有絲毫怨望之意。只是說：「心之憂矣，如匪澣衣。靜言思之，不能奮飛。」又如〈鄭風〉的〈子衿〉是描寫一個女子看見了青青的顏色，就想起她的情人所穿的衣服，她說：「青青子衿，悠悠我心。」「青青子佩，悠悠我思。」可是盼望他久久不來，因而懷疑他是不是不給她書信了，是不是不再看她了，因而說：「縱我不往，子寧不嗣音？」「縱我不往，子寧不來？」但她仍在城門外徘徊等待，一天又一天。「一日不見，如三月兮。」「一日不見，如三秋兮。」這是多麼纏綿悱惻，怨而不怒，哀而不傷的情愫啊！

古詩中也有描寫女子，愛得非常熱烈，而失望後恨起來卻也非常決絕的。例如〈有所思〉：「有所思，乃在大海南。

何用問遺君？雙珠玳瑁簪，用玉紹繚之。聞君有他心，拉雜摧燒之。摧燒之，當風揚其灰。從今以往，勿復相思！相思與君絕。」在開始，她是如何思念遠在大海之南的心上人，她要用雙珠玳瑁的簪子贈送給他。可是一聽說他另結新歡了，她一氣之下，就立刻把簪子折了，燒了，而且當著風把灰都吹得無影無蹤，從此不再想念他，從此與他決絕了，這也是愛之深而恨之切的表示，這首詩寫來入骨三分。

儘管古代女性中有如此熱烈露骨的感情表示，但大部分仍是極其含蓄蘊藉的，例如：「今夕何夕兮，搴舟中流。今日何日兮，得與王子同舟……山有木兮木有枝，心說（悅）君兮君不知。」她所思慕的對方是個貴族，地位懸殊，她只能在心底默默地愛著。但對方知道了，竟跑來看她，有情人終成眷屬，這是一段很美的愛情故事。

愛情專一不移，也可以從許多詩裡看出，像〈陌上桑〉，趙王想娶羅敷，她回答他說：「使君一何愚？使君自有婦，羅敷自有夫。」而且誇獎自己的夫婿：「為人潔白晳，鬑鬑頗有鬚，盈盈公府步，冉冉府中趨。坐中數千人，皆言夫婿殊。」不但婉轉，而且非常幽默。

漢朝的辭賦家司馬相如將再娶，他那位才華卓絕的妻子卓文君，作了一首〈白頭吟〉來表明自己的心跡。相如深深受了感動，立刻打消了再娶之念。詩中說：「今日斗酒會，明旦溝水頭。躞蹀御溝上，溝水東西流。淒淒復淒淒，嫁娶不須啼。願得一心人，白頭不相離。」她只表明自己的心堅貞不二，只望能與所愛的人白頭到老。這是東方古代女性的特色，不會做出那種合則留，不合則去，掉頭拂袖的決絕神情。

所以我說溫柔端厚，最足以描寫中國古代女性的美德。連宋朝的名將文天祥，他都要借女性的口吻說：「世事便如反覆手，妾身卻是分明月。」來表明自己光明磊落的心跡。足見女子雖具陰柔之美，而陰柔卻更包含著永恆的、無邊無盡的愛與仁慈。

再說漢朝有一位女史學家班昭，她是史官班彪之女，班固之妹，偉大的《漢書》是由她續成的。她丈夫去世後被漢帝召入宮中，教后妃貴人詩書禮儀，號封曹大家，連大儒馬融都向她請教。她確乎是位了不起的才女，可是她為嬪妃們寫的《女誡》七篇，卻是以三從四德的典型禮教，壓抑了同類的女性。這一半是由於漢代儒學定為一尊，治經書的道貌岸然的大儒們，以及萬人之上的帝王，一定都有強烈的男性優越感。班昭出生長大在禮教環境中，縱有再高的才華，也擺脫不了傳統的思想，因此她只是個史學家、道學家，絕不能成為文學家、詩人。她的生活中沒有詩，她也不敢寫流露真情的詩。她必須「笑莫露齒，立莫搖裙」感情受了極度的壓制，也就變得沒有感情了。

可是女性的本色總是婉轉纏綿的。感情遭到打擊，常常是自悲自嘆，或百般設法挽回。漢武帝的陳皇后被疏遠了，退居長門宮。她聽說司馬相如工賦，特地送給他黃金百斤，請他代作一篇賦，描寫她深宮寂寞之苦。司馬相如為她作了一篇〈長門賦〉，使武帝讀了都受感動。還有前秦時候竇滔的妻子蘇氏，因丈夫帶了寵姬在外做官，把她整個忘了。她於傷心之餘，用絲線在錦緞上繡了兩首迴文詩，寄給夫婿，薄倖的竇滔受了深深的感動，趕緊來接她，夫妻得以破鏡重圓。

這兩個故事，與卓文君的〈白頭吟〉有異曲同工之妙。女性工於文學，而文學感人之深，竟可以挽回一個破碎的家庭。

三國時蔡邕的女兒蔡文姬，妙於音律，能詩善賦，班昭以後，她算是第一人了。可是她的遭遇卻是可歌可泣的。她的丈夫衛仲道早死，回到娘家，正逢興平之亂，她竟被匈奴虜去。做了左賢王的妾，還替他生了兩個兒子。後來曹操可憐她的身世，用重金把她贖回，再嫁給董祀為妻。夫妻倒是愛情甚篤，只是她丟下兩個親骨肉在匈奴，日夜思念，生離死別之痛，使她寫下了一字一淚的〈胡笳十八拍〉。這首配以胡樂的悲歌，在文學上有極高的地位。其中最沉痛處，就是自敘她回國別子的幾段。如「與我生死兮逢此時，愁為子兮日無光輝。焉得羽翼兮將汝歸，一步一遠兮足難移。」「今別子兮歸故鄉，舊怨平兮新怨長，泣血仰嘆兮淚蒼蒼，胡為生兮獨罹此殃。」「天與地隔兮子西母東，若我怨氣兮浩於長空，六合既廣兮受之應不容。」思子之情，肝腸寸裂，讀之令人鼻酸。她還作了一首〈悲憤詩〉，也是敘述母子訣別時的慘痛情景的。她說：「欲死不能得，欲生無一可，彼蒼者何辜，乃遭此戹禍？……去去割情戀，遄征日遐邁。悠悠三千里，何時復交會。念我出腹子，胸臆為摧敗。」骨肉分離生死別，問人生到此，能不淒涼。

以上舉的大都是遭遇坎坷的女子，借文學傳出她們悲苦的心聲。惟其如此，她們的作品，也特別的蕩氣迴腸。所謂「賦到滄桑句便工」。現在讓我來提一位有男子洒脫之風的特殊女性，她是晉朝宰相謝安的姪女，王凝之之妻。她的才華橫溢，勝過諸兄，也勝過丈夫與小叔。有一天下雪，謝安問姪子雪像什麼，姪子回答說「撒鹽空中差可擬」。道蘊說還是「柳絮因風起」更像些。因此後人稱她為「詠絮才華」。又有一次她的小叔與人辯論，辯不過旁人，她在青紗帳後面替他辯論，客為所屈。所以，「紗帳解圍」在我國成了女性的佳話，她初嫁時還嫌她夫婿才學不及她，鬱鬱不樂，向她叔父謝安抱怨說：「想不到天地間竟有這樣一位王郎。」可見她的自視不凡。可惜這樣一位才華卓絕的女子，晚年命運也很坎坷。因為丈夫為孫恩的亂兵所殺，她還抽刀手刃好幾個敵人。孫恩敬佩她的義烈，沒有殺她，使她寡居終老。那以後歲月的淒涼，也就可想而知了。

唐朝在文學上是個輝煌的時代。從《全唐詩》中，可以看到許許多多哀怨悽惻的宮詞。這些宮詞，有的是文人們替她們伸訴委屈的，有的是宮女自己在深宮中偷偷寫來解愁的，現在我只舉兩個被傳誦的動人故事，以見宮女生活的悲苦。唐玄宗時，命宮女為邊疆的駐軍縫製征衣，有一個兵士在袍中發現一首詩：「沙場征戰客，寒夜苦為眠。戰袍經手作，知落阿誰邊。蓄意多添線，含情更著棉，今生已過也，願結後生緣。」兵士不敢隱瞞，將詩呈給主帥，被皇上知道了，遍問宮中是哪個作的詩，有一個宮女跪地流淚承認了。開明的皇帝憐憫她的一縷癡情，對她說：「我為你們結今生緣分吧。」就把這個宮女嫁給得詩的兵士了。還有一個更神奇旖旎的故事，肅宗時有一位書生顧況，有一天在洛陽與朋友遊花園中，在流水上撿起一片大梧桐葉，卻發現葉上有娟秀的字跡題著一首詩：「一入深宮裡，年年不見春。聊題一片葉，寄語有情人。」顧況有所感，隨即也題了一首詩在一片葉上，漂於波中。他的詩是:「愁見鶯啼柳絮飛,上陽宮裡斷腸時,君恩不禁東流水,葉上題詩寄與誰。」不料十餘日後,他又在水溝中得一詩:「一葉題詩出禁城,誰人愁和獨含情。自嗟不及波中葉,蕩漾乘風取次行。」傳說此事被皇上知悉,便將題詩的宮女嫁給了顧況,以成人之美。像這樣姻緣巧合的事,可說是皇天不負苦心人了。但從這兩段佳話中,看出宮廷女子文學修養之深,也看出她們深宮寂寞,虛度芳華的苦悶了。

唐朝除宮女以外,更有兩種生活環境特殊的女性,一種是官妓,一種是女冠(女道士),她們所交往的都是一時的達官顯要、文人學士。她們個個都能詩畫琴棋,與文人學士唱酬應答。她們的藝術修養,深深為文士們所傾倒。那情形就彷彿日本的藝妓,在當時是一種頗為高尚的職業。她們的生活是多采多姿的,思想是自由的,因此她們的詩作得比一般家庭婦女更出色,更富於浪漫氣息。那時最負盛名的一個官妓是薛濤。她是四川人,她的住宅旁邊有一口井,井水清冽,她嘗拿這水自製一種深紅小彩牋,以便題詩。一時文士都仿效她的小牋式樣,名之薛濤牋,名那口井為薛濤井,可見時人對她的傾慕。但她儘管錦衣玉食,周旋於富貴場中,她的內心仍舊是空虛寂寞的。這從她的三首〈春詞〉中可以看得出來,〈春詞〉之一云:「風光日將老,佳期猶渺渺,不結同心人,空結同心草。」難怪另一位名妓徐月英的詩低訴著:「為失三從泣淚頻,此身何用處人倫。既然日逐笙歌樂,長羨荊釵與布裙。」三從四德雖然予人精神上以莫大拘束,她們還寧願退出十里洋場,做個平平凡凡的家庭婦女呢。

另一種更特殊的女性是女道士，魚玄機是其中最有名的一個，她本來是官宦人家的侍妾，因愛衰出為女冠。她有一首詩說：「易求無價寶，難得有心郎，枕上潛垂淚，花間暗斷腸。」像這樣坦白大膽的吐露心事，在當時一般家庭女性是絕對不敢出口的，但也由此見得她對愛情的認真與期望的渴切了。

宋朝是詞的極盛時代，因為柳永的詞，通俗普遍到了凡有井水處，都能唱他的詞。所以民間婦女，很多都會作詞。《宣和遺事》中記載著一段很有趣的故事。宣和上元燈節，徽宗下令允許仕女任意參觀享樂。並各賜酒一杯，有一個女子偷取了一隻金杯，被衛兵發覺了，押到皇帝的面前，這女子卻不慌不忙隨口唱出〈鷓鴣天〉一首：「月滿蓬壺燦爛燈，與郎攜手上端門，貪看鶴陣笙歌舉，不覺鴛鴦失卻群。天漸曉，盛皇恩。傳宣賜酒飲杯巡。歸家恐被翁姑責，偷得金杯作照憑。」皇上聽了大大地高興，不但把金杯賜給她，還命衛士好好護送她回家。

與唐朝一樣，宋朝的官妓，也個個都有很好的文才，大文豪蘇東坡極賞識一名歌妓名琴操。有一天東坡與朋友們宴飲，坐中有客唱一首少游最出名的〈滿庭芳〉詞，可是卻把第一句末二字「譙門」誤唱為「斜陽」，與以下韻腳完全不對了。聰明的琴操卻把以下所有的韻腳，全部邊唱邊改，一律改為七陽韻。茲將原詞與她所改的，錄在後面，以見她的機智與才華：「山抹微雲，天黏衰草，畫角聲斷譙門（斜陽）。暫停征棹，聊共引離尊（觴）。多少蓬萊舊事，空回首煙靄紛紛（茫茫）。斜陽外，寒鴉數點，流水繞孤村（空牆）。銷魂

(魂銷),當此際,香囊暗解,羅帶輕分。(輕分羅帶,暗解香囊。) 謾贏得青樓薄倖名存 (狂)。此去何時見也?襟袖上,空染啼痕 (餘香)。傷情處,高城望斷,燈火已黃昏 (昏黃)。」

此外李師師是欽宗時首屈一指的名妓,欽宗非常賞識她,時常去她家飲酒對弈。有一天,大詞人周清真正在她家,忽報皇上駕到,清真退避別室,直等欽宗去後,他才出來告別。並填了一首〈少年遊〉,送李師師,就是描寫師師與欽宗對話的情形的:「并刀似水,吳鹽勝雪,纖手破新橙。錦幄初溫,獸香不斷,相對坐調笙。低聲問,向誰行宿,城上已三更,馬滑霜濃,不如休去,直是無人行。」足見當時的旖旎風光。

有宋一代的詞人,指不勝數,無論是豪放與婉約,都已到了登峰造極之境。可是最值得我們大書特書的卻是那位有史以來最偉大的文學家李清照。她的成就在女界中可說是前無古人,後無來者。李清照自號易安居士,幼承家學,嫁給趙明誠後,夫婦生活極為風雅綺麗。她丈夫喜金石書畫,收藏極多。常常典質了衣服去相國寺買碑文,也買些零食回來,夫妻相對邊吃邊賞玩。有時坐歸來堂中,指著某事在某書某卷某頁某行,以中否賭負勝,笑得把茶都潑翻了。像這樣風雅悠閒的生活,真可稱得上神仙眷屬。在他們的一次別離中,易安寫了一首〈醉花陰〉詞,寄給趙明誠,明誠苦思了三天三夜,作了五十多首同調的詞,把妻子的一首混在一起,請朋友品評哪一首最好。他朋友念出二句他認為最好的,「莫道不消魂,簾捲西風,人比黃花瘦」卻正是易安所作,做丈夫的也只有心折了。

令人嘆息的是福慧難以雙修，他們的幸福日子並不多，在戰亂轉徙中，他們寶貴的書籍不得不一批批忍痛地丟棄了。不久明誠去世，剩下孤孤單單的她，流離轉徙，晚年卜居金華，過著孀居的淒涼歲月。她的〈武陵春〉詞中寫道：「風住塵香花已盡，日晚倦梳頭。物是人非事事休，欲語淚先流。聞說雙溪春尚好，也擬泛輕舟。只恐雙溪舴艋舟，載不動許多愁。」物是人非，淒涼無限。莫說舴艋舟載不動她的愁，就是千載後的萬千讀者，也似乎分擔不盡她的愁呢。易安不但是詞人，而且工詩，秦檜的哥哥命胡松年等使金，她作一詩送他，最沉痛的句子是：「子孫南渡今幾年，漂零遂與流人伍。願將血淚寄山河，去灑青州一坏土。」足見她的一腔傷時憂事的愛國熱忱。她的〈金石錄後序〉歷敘她的一生遭遇，更是一篇最感人的散文。她因才華卓絕，眼界自高，對蘇軾、柳永、秦少游、歐陽脩、晏殊等大名家詞，都有不滿意的批評，而且說得都非常中肯。但正因她才識太高，也許遭受時人之忌。後來竟有人誣蔑她，說她晚年又改嫁張汝舟，這是大大的冤枉了她。其實她縱使改嫁，也不足以影響她在詞壇上的地位，更何況是捕風捉影的謠言呢。這只要讀她那首〈武陵春〉的後半闋，就可了解她的心早已如死灰朽木，再也無意尋春了。

易安以後，還有一位薄命女詞人朱淑貞，她自號幽棲居士，才華雖不及易安，但亦頗有可觀。她的詞集叫《斷腸集》，為後世所傳誦。至明末又有一個柳如是，她工詩擅畫。嫁給名士錢牧齊。夫婦感情彌篤，錢對她說：「我愛你白的皮膚黑的頭髮。」柳對他說：「我卻愛你黑的皮膚白的頭髮。」

可惜她的丈夫晚節不終，做了清朝的官吏，她憤而出家。牧齋死後，她也自殺殉情了。似這樣烈性的女子，也是值得特別一提的。

清初，由於詩人王漁洋對女性文學的倡導，女詩人就像雨後春筍似的，其蓬勃的盛況為前所未有。王漁洋詩主神韻，聲望披靡天下，一時文士，仰之如泰斗。尤其女士們，能得他的一句品題，便身價百倍。他以後有袁子才，更是獎掖女性，不遺餘力，有《隨園女弟子詩》。他作詩主張風趣性靈，不拘格律，文字淺顯如白話，影響於婦女思想極大。可是卻惱了道學先生章學誠，罵袁為無恥妄人，還特地寫了一篇〈婦學〉，專攻擊隨園，反對婦女公開作詩應酬。可是他的反對並沒有限制女子才華的發揮。隨園以後，女詩人輩出，蔚為百年間婦女文學的極盛時期。這是清代文學界的特殊現象。隨園女弟子的詩，最足以表現女性的柔美。其中最傑出的當推席若蘭。若蘭夫婦感情很好，只是愛兒殀折，她作了一首〈葬兒斷腸詩〉，最後幾句是：「一盃良醞奠靈牀，滴向泉臺哭斷腸，誰是酒漿誰是淚，教兒酸苦自家嘗。」讀之教人酸鼻。

在清代特別值得一提的是仁宗時有一位傑出的女詞人吳藻，她字蘋香，著有《花簾集》與《香南雪北詞》。她多才多藝，工詩善琴，嫻音律，詞尤為同時的士女們所傾倒。許多人都向她討詞，想見她風流瀟洒的一派名士風度。她的詞才情風格至高，有蘇辛的豪放，不作兒女態，吟詠性情，又淺近的像白話。與納蘭容若同是清代詞壇的兩朵奇花。可惜的是她丈夫不是個文人，夫妻間說不上唱酬之樂，所以婚姻生活並不很美滿。三十歲以後，她丈夫也去世了，她就一個人孤單單地隱居在浙江南湖，斷絕了文字姻緣。在她的《香南雪北詞》中，她自序道：「十年來憂患餘生，人事有不可言者，引商刻羽。吟事遂廢……自今以往，掃除文字，潛心奉道，香山南，雪山北，歸依淨土，幾生修得到梅花耶。」辭意淒絕。她的一首〈浣溪沙〉詞，最為人所傳誦：「一卷〈離騷〉一卷經，十年心事十年燈，芭蕉葉上聽秋聲。欲哭不成翻強笑，諱愁無奈學忘情，悞人枉自說聰明。」哀婉悽愴，可為她晚年生活的寫照。

這些女士們，詩才雖高，究竟跳不出春愁秋怨、個人悲歡離合的範圍，因此使我們想起清末民初的一位女界豪傑秋瑾。秋瑾讀書通大義，工詩、文、詞。能騎馬，善飲酒，一派丈夫氣概，自號鑑湖女俠。後因與先烈徐錫麟推翻滿清政府，事敗為清廷所殺。臨刑時索筆沉痛地寫下了「秋風秋雨愁煞人」七個字，而從容就義，名垂青史。她的詩如其人，一掃纏綿婉轉的兒女態，而多慷慨激昂之音。有一首律詩最足以代表她的豪邁作風，茲錄如後：「慢云女子不英雄，萬里乘風獨向東。詩思一翻海空闊，夢魂三月島玲瓏。銅駝已陷悲回首，汗馬終慚未有工。如許傷心宗國恨，更堪客裡度春風。」滿腔報國熱誠，溢於言表。又一首〈滿江紅〉詞中有幾句道：「身不得男兒列，心卻比，男兒烈。平生肝膽，因人長熟。俗子胸襟誰識我，英雄末路當磨折。莽紅塵何處覓知音，青衫濕。」更可見她磊落的胸懷。

在當時，一班護道者對女性提倡三從四德，施以嚴厲約束的情形下，竟能出現像秋瑾這樣的女豪傑，不說她在革命上的貢獻，就是詩詞方面能擺脫女性一貫的柔弱作風，在文學上的地位也是不朽的了。

中國歷代的女性，與文學結下這樣的不解姻緣，而且她們的造詣並不遜於男性作家。這是值得中國女性足以自豪的。究其原因，女性在文學上有如此輝煌成就，也絕不是偶然的。在我看來，中國文學是傾向於蘊藉婉約的，所謂不失其溫柔端厚之旨。而蘊藉婉約、溫柔端厚的作品，由女性自己來著筆，自更顯得出色當行。女性寫作，完全是基於為藝術而藝術的動機，不求名利顯達，只憑一片真摯的感情，寫出她們的歡笑與眼淚。所以她們的作品是天地間的至文，是值得我們低徊反復去欣賞的。

最後，我更要強調的是中國文學既以溫柔敦厚為主，而溫柔敦厚的文學，正所以發揚人性至高無上的美德，那就是仁慈友愛互助寬恕。今日自由世界與極權奴役殘暴相對抗，最後必能獲得勝利者，就是仗著這顆仁慈的愛心。因為世界上只有一個真理，就是愛。

介紹韓國作家孫素姬女士

——兼談韓國文壇

孫素姬女士是韓國極負盛名的小說家之一，也是最受年輕學生們歡迎的女作家之一。她的作品方面很廣，而筆觸婉轉細膩，尤長於刻劃女性委婉倔強的心理，充分表現了東方女性的特質。

我五十三年春間訪韓，得與孫女士有三次會面的機會。第一次在金浦國際機場。女苑月刊社社長為我們介紹了四位到機場歡迎的當代名女作家，孫女士便是其中之一。她露著潔白的牙齒，向我們燦然微笑，眉宇間有一份東方女性的古典美，我心中一下子就對她有了好感。我再仔細端詳她，她烏黑的柔髮，不像其他幾位挽成高髻，而是雲鬢低垂，在後面夾一個綠色的夾子，與她淺綠的薄紗韓裝非常調和。她皮膚細潔，薄施鉛華。淺淡的口紅，勾出兩片薄薄的嘴唇。天然的眉毛，配著微微下垂的眼梢，顯得她的眼神格外含蓄。她一直微笑著，縱然不語，亦自親切。

第二次見面就在當晚的歡迎酒會上。透過翻譯，我們作了十幾分鐘的交談。她說她的興趣在寫小說，散文寫得極少。她願以文學的技巧，表現人性的優點與缺點。據《女苑月刊》主編告訴我說，她的表現手法極新，而且常採取現代文學的技巧。無論長篇短篇，結構都很嚴謹，此所以年輕一代的讀者也都非常喜歡讀她的作品。在韓國，一個從事寫作的人，要想自己的作品能與廣大讀者見面，並不是一件容易的事。至於成名，更非易事。因為韓國的報紙副刊，除了每年元旦舉辦一百萬元韓幣的徵文比賽，由權威作家評審，獲獎作品另闢專欄刊登外，平時絕不登純文藝作品，而只登有新聞性或歷史性的所謂通俗小說，僅供一般人的消遣。因為他們認為報紙只是大眾傳播工具，沒有永久價值。純文藝創作，必須刊登在雜誌上。刊登出來的作品，是經過由成名的前輩作家所組成的評審會評審通過的。年輕的作者們，為了表示對某一位大作家的仰慕，可以指定請那一位主審，但如果他或她的作品被推薦登出來了，就得再受文藝批評家與讀者的嚴格評價，如認為不夠水準，則雜誌主編與評審人都將受到嚴厲的指責。所以評審人的態度必須非常客觀公正，絲毫不得涉及私情。作家從作品見諸雜誌到成名，要經過一段長期的考驗。絕不是雜誌主編在旦夕之間可以捧得紅的。作品須每年由前輩作家推薦至二次三次以上，直至嚴格的批評家們公認為是那一年度的佳作，那一位作者才算稍有名氣。但此後每年必須提出有代表性的佳作向讀者交代，否則就難維持不衰的盛譽。因此他們絕不容閉門造車，而是多方觀摩，再經匠心創造的。

孫女士自感英文閱讀能力不夠，於四十歲以後再進外語大學攻讀英文，足見其學習精神。她可以透過英文或日文，讀其他各國的小說，她也希望讀到中國近代的小說。只可惜我國近代作家的小說，譯成英文的並不多，譯成韓文的更少。幾篇刊登在《女苑月刊》的小說，也還是通漢文的韓國人權熙哲先生的譯筆，而權先生本人並非小說作家。韓國人對中國文學的研究不遺餘力，漢城大學與成均館大學的中國文學系教授講師們，都在他們的刊物上發表對中國文學研究的專論。只是尚無暇及於中國近代小說或散文的介紹。

韓國是從艱苦中復興起來的民族，加上他們三面環水的地理環境，造成他們特殊深沉與敏感的民族性。因此在文學上，他們易於接受新的，也富於獨立的創造精神，在各方面都能迎頭趕上。現代文學思潮，使韓國文壇更有嶄新的面貌。孫女士是被稱為第二代的作家，就是六十歲以上的前輩作家們，思想內容與寫作技巧也一點不落伍。每年刊登出來的作品都非常紮實。因為他們負責評審年輕一代的作品，他們自己也在受批評家們最嚴格的審評。年年面臨考驗，永遠趕上時代，絕不至受「進博物館」之譏。韓國評審制度的公平，態度的認真，是值得我們借鏡的。

我與孫女士第三次的會晤是在昌德宮的祕苑。祕苑是李朝皇族的私人花園，韓國獨立後，李承晚總統命令每年春秋二季開放二次，供國人賞玩。我以外國貴賓身分，步入繁花如錦的公園，挽著我的就是孫素姬女士。她比較沉默寡言，加以言語隔閡（她聽得懂英文，但只能說幾個單字，我又不懂韓文），所以未能暢所欲談。但彼此間的微笑頷首，也可互通情愫。那天她著的是茶綠印黑花上裝，配上月白色拽地長紗裙。胸前結著長長的飄帶，顯得格外的風姿綽約。我與她在綠雲浮動的銀杏樹下拍了張照。她採了一片殷紅的楓葉與蘋果葉送我。在中國大陸江南的冬天，才是霜葉紅如二月花，而韓國這種五爪楓，卻是春夏季節一直紅的。蘋果是韓國特產之一，味尤鮮美，月下的蘋果林尤為詩人們所歌頌。韓國雖艱苦而氣象清新，國民性樂觀活潑，在各方面都顯得有成果，蘋果的肥碩也是一種很好的象徵。

孫素姬女士於一九一七年生於北韓的咸鏡北道，她是屬於光復以後四十年代的作家，成名於她四十歲左右，她的代表作有長篇小說〈南風〉、〈原色之季節〉、〈太陽之詩〉、〈太陽之谿谷〉等篇。〈南風〉連載於韓國最佳純文學雜誌之一的《現代文學》，已出版單行本。在一九六〇年她曾獲漢城市文學獎。一九六四年再獲韓國最具權威性的獎金「五月文學獎」。孫女士現任韓國筆會理事與韓國婦女寫作協會督察。她的短篇小說較具代表性的有〈莉拉的故事〉、〈香蒲發芽時〉與〈柿子紅了〉等篇。〈柿子紅了〉的英譯刊於韓國一九六五年六月號英文版《筆會雜誌》。由我轉譯為中文，刊於林海音女士主編的《純文學雜誌》創刊號（民國五十六年元月）。是她較近期的作品。該篇譯畢時，我剛巧收到她的來信，她告訴我〈柿〉文是她近作中比較喜歡的一篇小說。她筆觸細膩生動，故事也表現了東方女性的傳統容忍精神，所以我把它試譯出來。可是我對韓文，只會說一句「安寧喀哂啊」（再見）。所以只能由英文輾轉翻譯，是否失去原作的精華就很難把握了。

《印度古今女傑傳》讀後

糜文開先生的女公子糜榴麗女士編著《印度古今女傑傳》的增訂本，於五十七年一月由三民書局出版。增訂的第一篇〈女總理甘地夫人傳〉，是由她的就讀師大外文系的妹妹詠麗女士執筆完成，使此書能儘快與讀者見面，這是特別值得慶賀的一件事。

本書分現代與古代兩部分，而將畢生為印度的自由獨立而奮鬥的英國女傑貝桑夫人附錄為第三部分，可謂別有見地。

十餘年前，我拜讀糜先生翻譯的〈奈都夫人詩〉，對這位光芒萬丈的女詩人、女政治家，欽仰莫名。如今重讀這本傳記，驚奇於印度現代女傑之輩出，深感具有數十年婦運歷史的中國現代女性，真有望塵莫及之嘆。我原是個對政治沒有興趣的人，而當我讀這幾篇傳記時，她們對祖國，對人類熱切的愛，她們克服艱難的機智，她們威武不屈的精神，深深地啟迪了我，使我領會了什麼是大仁、大智、大勇。而造物賦予人類的心性德行，原是無分男女，都一樣完整的，只看你是否能把握和發揚光大就是了。

我反復地讀著〈甘地夫人傳〉，深深了解這位反共鬥士人格的完成斷非偶然。第一是幼年時期她的雙親因革命常遭逮捕，燃起她對蠻橫行為的反抗心理。她父親自獄中對她勉勵說：「不管前途充滿多少荊棘，我們必須永遠記住，決不能做任何使我們神聖歷史使命蒙羞的事。」語重心長的話在她心中撒下革命的種子。詩人泰戈爾所表現藝術的渾然完整性，更陶冶成她偉大政治家的胸襟，使她在動亂中獲得生活的平衡與精神的寧靜。她的成就，並不全由於她父親的聲望，而是由於她本身的才華。她充滿智慧的頭腦，使她於四十歲後，由左傾而變為反共的急先鋒，這是特別值得一提的。

在〈奈都夫人傳〉中，極使我感動的是她接受英國文學批評家歌史的啟示，調轉筆鋒寫她自己祖國的風土人情。以全部心魂灌注於詩篇，呼喚印度國魂的甦醒，和新印度的誕生。這位愛國詩人，血液中原奔流著革命的熱情。她響應甘地的號召，毅然放棄羅曼蒂克的詩歌生活，獻身革命，以烈火般的演說，代替了詩歌。作者糜榴麗女士說：「她的演說真偉大，這是用思想的經，感情的緯，編織成的演說。有節奏有旋律，真像一首配上了樂曲的感人詩篇。」連甘地都因讀她的詩而獲得政治的靈感，其感人可想而知。

她從事婦運工作，爭取女性獨立。但她愛家庭，愛子女，提醒大家千萬不能忘掉做一位賢妻良母，這是值得我們女性深深體會的。

賽珍珠寫的〈女大使潘迪夫人傳〉由於馬均權女士的譯筆流暢傳神，讀來像一篇情趣橫溢的短篇小說。使我們對這位傑出女外交家的幼年家庭背景和婚姻生活都有一個了解。她因受西方民主思想的洗禮，所以痛恨婆羅門階級意識和對婦女的壓迫。她獨立不拘的性格，使她對印度乃至全世界將有更輝煌的貢獻。

更有高爾夫人，她放棄了高貴的公主生活，布衣素食，終身不嫁，獻身革命工作。她是甘地的祕書，也是印度婦運的先鋒。她同情賤民階級的婦女地位。就任衛生部長以後，更成為難民們的慈母。在如此繁忙的工作中，她還有閒情打棒球，編字典，其才華氣度可以想見。我閉上眼睛，可以想像一位穿著印度服裝白髮如銀的老婦人，慈祥親切一如常人。

另一位甘地的信徒與婦運的領導者就是阿里夫人。作者薛留生先生詳盡的報導，使我們對這位女鬥士的高瞻遠矚與獨立不懼的精神，肅然起敬。

此外，〈女畫家安列妲葛爾傳〉，對我們的啟示是她的自由意志和創造精神。她決不因襲歐洲或印度的古代畫法，而是揉合了兩者的特徵，創造了嶄新的典型——是印度的不是西歐的。這就是她的偉大之處。一位有天才、有氣魄、有卓見的畫家，必能擷取其他國家的精華，揉合於本國民族精神之中。透過自己的文化傳統，發出光輝，這才見得真正的藝術生命。

讀了六位印度現代女傑的故事，她們偉大的人格與光輝的功業，真使身為女性的我們感到振奮。生於二十世紀七十年代的中國女性，更應當如何自強不息，發揮女性的才華智慧，使我們擁有幾千年文化傳統的國家，也出幾位現代女傑呢？

本書第二部是印度古代后妃公主們傳奇性的故事。多采多姿，引人發思古之幽情。我讀它們時，就好像在觀賞彩色宮闈電影，隨著作者妙曼婉轉的筆觸所敘述的曲折故事，心緒為之波瀾起伏。每篇都使我反復低徊，一讀再讀。糜文開先生寫的〈奇后泰姬傳〉，筆致雅健雄深如司馬遷的《史記》。最後的論贊，更是馳騁縱橫，別饒情趣。篇後附了羅家倫先生〈詠泰姬陵〉七絕十一首和作者自己的七律一首，尤為本篇生色不少。

羅尼蓮娘鏡中美人的故事，使我神往不已。蓮娘對夫婿堅貞的愛和抗拒強敵的機智，表現了東方女性的烈性。南印女傑美德比妣，以一身繫兩國安危，親赴戰場指揮作戰，安撫將士，挽救了垂危的祖國。其事蹟頗似我國宋代女英雄梁紅玉、名垂青史的女烈士秋瑾。她喊道：「不犧牲生命，就犧牲人格和靈魂，你們願意犧牲祖國，還是犧牲自己。」雖然這是古印度公主的吶喊，可是她堅定淒厲之音卻振撼著千年後我們的心魂。另一位抗英民族女傑蘭克喜彌蓓的英勇事蹟，讀來令人蕩氣迴腸，這兩篇都由糜榴麗女士執筆。她在有限的史料中，卻以如此生動淋漓之筆，描寫了她所傾慕的女英雄。

讀完這本書，掩卷沉思，感觸萬千。我已從字裡行間接觸到各位作者深邃的心靈。為了發揚女性的光輝，他（她）們千方百計地蒐集文獻史料，寫下寶貴的篇章。閱讀本書不僅是欣賞動人的故事和優美的文章，而是要深深領會本書的涵義——一個至高至上的真理。那就是人類愛、民族愛，能使表面上文靜柔弱的女性，發揮了殉道的精神，而成為名垂千古的賢哲與英豪。

糜著《詩經欣賞與研究》跋

糜文開伉儷合著的《詩經欣賞與研究》一書，鎔文學趣味與學術研究於一爐，深入淺出，對愛好文藝與嚮往古典文學的青年，啟迪尤多。適宜於青年學子自修或大學教授採作教本。故此書自民國五十三年由三民書局出版迄今，已銷售至三版。博得學術界前輩們一致的讚譽與推崇。張其昀、邢光祖、蘇雪林、戴培之諸先生都曾著文推介。邢光祖先生具體地提出四點優點：

「一、於文字音韻，文法章法，藉旁證博覽，比較歸納，純採現代的科學方法；二、孤證不立，反證姑存，不勦拾舊說，不標新立異。辯詰尊重他人意見，詞旨篤實，文體簡潔，不盛氣凌轢，不支離牽附，有雕菰的餘緒；三、除科學的訓詁考覈外，尤能時時不忘詩本身的文學價值與鑑賞；四、治學題材範圍狹而精，與一般泛而無所得者不同。」

邢先生此語是非常確切中肯的評介。

筆者與糜先生伉儷相識有年。對兩位學人治學態度之認真嚴肅、研究方法之周詳精到，萬分欽佩。他倆回國三年來，時常得向他們請益。今年五月間，糜先生又出使泰國，他留下半學期的「詩經研究與欣賞」一課，暫由我代授。臨行前，他倆將趕寫完成的《詩經欣賞與研究續集》付印，囑我代校第三校。去泰後來函說我既已將《初》《續集》都重溫一遍，一定要我寫一篇跋文附後，我實在不敢當此重任。可是再三固辭不獲，只得把個人讀《初》《續集》的心得，作個報告：

一、研讀方法的正確：於《初集·鄭風·風雨》篇，作者論《詩經》讀法，謂朱熹與崔述的讀《詩經》，都是非常得法而徹底的，但他們仍引朱子自己的話：「被舊說一局局定，便看不出了。」批評朱、崔二氏有時仍不免囿於舊說成見，因而解〈風雨〉篇為一首淫詩。他們則認為此詩是描寫妻子於風雨之夜，苦盼夫婿。而夫婿乃於風雨中歸來的快慰心情。真是別有見地。

又如《續集·鄭風·女日雞鳴》篇，作者擺脫了毛序的「刺不德」，朱傳的「賢夫婦相警戒」等道學先生的說法，並認為姚際恒的「夫婦幃房之詩」的說法亦有未妥。而旁證博引了聞一多、屈萬里諸氏的釋義，細細玩味詩文本意，解釋此詩為一對未正式結婚的青年情侶，補行贈佩、委禽、合巹等禮的情態。全詩以對話方式，寫出他們蜜月愛情生活的興奮快樂。這解釋既有根據，又合情理，並重視了古代社會的生活形態，古代民族的文學趣味，賦予此詩以嶄新的面貌，也許就是它的本來面貌，實在是難能可貴。

全書中似這樣卓越的見地，精闢的解釋，隨處都是，足見他們研讀的客觀與深入。主要的是他們能全部擺脫門戶之見，就原詩虛心熟讀，徐徐體味出詩文本意來，並辨別各篇各類以至一字一句的異同，以求其特徵與共相。同時仍得覆核以前各家舊說，作客觀的研判，是則從之，非則正之。若一意標新立異，縱使可以聳動視聽於一時，到底還是站立不住。

於《初集·自序》中，他們介紹了瑞典漢學家高本漢的科學方法兩步驟（見《初集》第四頁），認為第一步驟的工作，馬瑞辰、高本漢二氏有最高的成就，可作為參考，第二步驟的工作，則在清代學者中，以姚際恒、方玉潤二氏用力最勤。糜氏夫婦就是遵循高本漢的科學方法，綜合朱、崔、馬、高、姚、方六人之業績而獲得新成就者。

於《續集》所收糜先生的〈孟子與詩經〉一文，對孟子的讀《詩》法：「故說《詩》者，不以文害辭，不以辭害志，以意逆志，是為得之。」加以闡述說：「孟子要我們從原詩的一個字一個詞到一句一章一篇地仔細玩味，以體會出作詩者的原意來。」（見《續集》第四〇九頁，讀者可以參閱。）他們並在雲漢的評解中，予以補充說：「所以我們讀《詩》，重在玩味原詩字句，以推求詩意。至於前人成說，如《詩》序所提供的各篇時代與作者以及詩旨等，我們要小心求證，無證不信。沒有佐證，寧可闕疑。求證則要向鄭玄以前的古籍中去探尋。魏晉以來新發現的材料可靠性較弱，不可輕易採信。這是我們研讀《詩經》所要遵守的方法。」於此可以知道糜氏夫婦研讀《詩經》的工作，是何等的嚴正有方。他們於反復玩味，小心求證之際，工夫細而且深，讀這《續集》的七十二篇欣賞，當更可以體味得出來了。

二、五部式著述法：《初》《續集》都仿傚方玉潤《詩經原始》的五部式(1)小序(2)原詩(3)主文(4)註釋(5)標韻，改為(1)小序(2)原詩(3)今譯(4)註釋(5)評解（《初集》稱主文），對於讀者的研習，極為便利。小序兼採戈提斯 (Dr. Robert Gordis) 英譯雅歌題後詩前的開場白式，先把原詩作個簡明扼要的介紹，繼之以活潑風趣的今譯，詳盡的註釋。尤其可貴的是評解（主文）內容之豐富，見解之精闢。例如《初集．生民》篇主文談希臘、印度、中國史詩和神話，〈噫嘻〉篇主文將《舊約》雅歌、印度吠陀讚歌和《詩經》的〈國風〉作一比較。以研究印度哲學文學專家的眼光，分析《詩經》，對我國這部偉大的史詩，貢獻更多。又如《續集》第五篇〈雲漢評解對寫作技巧的研究與欣賞〉，可說已至登峰造極之境，予學者以無窮的啟迪。二十九篇〈桑中〉，三十篇〈伐柯〉評解，對諸家註釋的批評取捨，證之以周代社會禮俗，最後對〈桑中〉篇下結論說：「故此詩非刺奔刺淫，乃刺自誇美女期我要我送我者之妄想耳。」否定了毛序朱傳的成說，恢復此篇「里巷歌謠」，與「男女相與歌詠」的本來面目。於〈伐柯〉篇，推翻了「美周公」的舊說，將首次兩章都解作比與賦，確定為詠婚姻，描寫新娘進門時一片喜氣揚揚的景象。這種新的欣賞觀點，越發顯出了《詩經》的時代意義。

三、今譯工夫：在三千年前，《詩經》原應該是當時的口語文學（尤其是〈國風〉之部），可是到了三千年後的現代人心目中，卻是古典文學。許多難字難句，費了歷代學者多少考證揣測，卻因為時地的變遷，究竟是什麼意義，無法起古人而問之。所以自漢儒以下，解經都未免有牽強附會之處。

即以朱熹的善疑，尚不能全部擺脫舊說。糜氏夫婦乃遵照高本漢的科學方法，參酌各家註釋，更依據先秦時代的社會風俗，心理人情，轉婉體會，然後採取民間歌謠，五七言長短句，五四以來流行的白話詩體，唯妙唯肖地翻譯出原詩的奧妙精微之處。以口語文學還它口語文學的面貌。誠如蘇雪林教授所說的：「量體裁衣，按頭製帽，是以每首詩都翻譯得如初搨黃庭，恰到好處。並且常有出人意外的神來之筆。」

讀《初》《續集》的今譯，處處令人有身歷其境之感。例如〈桑中〉篇，就是採用民歌體的，茲抄錄原詩今譯第一段，以便欣賞：

爰采唐矣？（女聲問）	你到那兒去採蒙菜啊？
沬之鄉矣。（男聲答）	我到沬邦的鄉下採啊。
云誰之思？（女聲問）	你想追的是誰家姑娘啊？
美孟姜矣。（男聲答）	漂亮大姐她姓姜呀。
期我乎桑中，（眾聲合唱）	她約我在桑中，
要我乎上宮，	她邀我去上宮，
送我乎淇之上矣。	她送我到淇水上啊。

糜氏非但把朱子所謂「男女相與歌詠」的民歌風格譯出，而且把〈桑中〉詩裡對約女郊遊者的嘲弄意味也活生生地表現在眼前，工夫的高超，可見一斑。

今日流行歌曲的曲子單調，歌詞膚淺貧乏，有識之士無不有此同感。而歌星卻如雨後春筍，蓬勃地產生。為了復興固有文化與推廣社會教育，作曲家與作詞家們，大可參考糜氏《詩經》今譯的美妙口語，鏗鏘的音調，表現出中國人自己的民情、風俗與感情，才是真正屬於中國人的流行歌曲。這是我附帶的一點感想。

據我所知，糜氏伉儷寫《詩經》欣賞，有時各選一篇寫完後交換著修改潤飾（有些兩人不同意見尚保留在註釋與評解中），有時選一篇兩人分工合作。他們為一字一句的註釋或今譯的推敲思量，往往徘徊庭院，廢寢忘食。這種焚膏繼晷的治學精神，真值得欽佩。

四、精確的統計：他們以狹而精的治學態度，發掘問題，以窄而深的筆觸，作精密的統計，從而獲得客觀的結論。這，從《初集》中糜夫人〈周漢祓禊演變考〉與〈詩經兮字研究〉二篇論文可以看出。她統計三百零五篇中共有三百二十一個兮字，而李一之的卡片所得，只有二五六個兮字，少登記了六十五個之多，其精密與粗疏的程度極為懸殊。

更值得一提的是她為了徹底研究《詩經》疊句及其影響，自《詩經》、詩、詞、曲以迄於近代流行歌曲中，找出各種疊句形式，比較研究寫成十二萬字的《詩詞曲疊句欣賞》一書，為疊句研究開闢了新天地（此書由三民書局出版）。

他們又根據朱傳本與孔疏本，將《詩經》各句的字數作成「《詩經》字句統計表」，較美國漢學家金守拙教授 (Prof. George A. Kenedy) 的統計尤為精確。其他如「《詩經》章句數統計表」、「《詩經》各篇章數統計表」等，都極為細密。

五、精闢的論述：糜先生的研究，著眼於基本問題，《初集》中的論文〈詩經的基本形式及其變化〉，精密地探討了《詩經》的形式，其結語云：「《詩經》是四言詩的代表，四字成句，四句成章，疊詠三章，然後樂成。」他認為《詩經》無論用詞、造句、與章法，都趨向聯緜性的形式，所以他又稱《詩經》形式的特質是聯緜體。

現在，《續集》中《詩經》研究全是歷史性的論文，偏重於歷代儒學與《詩經》的考察，自孔子、孟子、荀子，以迄漢代，所收論文六篇，〈論語與詩經〉、〈孟子與詩經〉，就《論》、《孟》兩書中有關《詩經》的文字全部輯錄起來，將孔子、孟子和《詩經》的關係一一考察，作扼要而精闢的論述。這樣依照時代先後考察下去，一一指陳其演變，直考察到漢代齊詩學中陰陽家的色彩。漢代的考察還只開其端。至於上溯到孔子以前，因糜夫人的〈春秋與詩經〉以文長未輯入，難窺全豹，令人有「書到快意讀易盡」之憾。幸〈孔子刪詩問題的論辯〉一文，自司馬遷《史記》的〈孔子世家〉敘起，中經唐、宋、明、清各代學者的論辯，直敘到現代學者的主張，最後以己意加以論斷，見解精闢，可以補償讀者之不足。

六、一點意見：糜氏伉儷的《詩經》欣賞是著重在文學興趣而避免長詩的困人。在《初集》中所介紹的，〈大雅．生民〉已算長詩，最長的只有〈豳風．七月〉一篇，那是全《詩經》中第五長詩。而這次《續集》，卻一下子介紹了三首長詩，即全《詩經》的第一長詩〈魯頌．閟宮〉，第二長詩〈大雅．抑〉，第六長詩〈小雅．正月〉。把〈大雅〉、〈小雅〉與三〈頌〉的最長詩一口氣都介紹出來，我認為還是太多了。應當循序漸進，速度不宜太快，以免國學根基較淺的讀者，或將因噎廢食。

《初集》中註釋，已接受讀者的提議，加用注音符號。但注音符號還是用得不多，現在《續集》中注音符號用得更少。許多難字的讀音，將令讀者自己去查國音字典，將來三集如能注意到這點，所有難字的註釋均兼用注音符號，那就更為完善了。有人提議注音採用國際音標，但國際音標在國內還不普遍，我認為以暫時不採用為宜。

糜氏參考方玉潤的《詩經原始》，略去標韻，增加今譯是高明的措施。有人認為略去標韻則《詩經》欣賞便顯得不很完備。不知《詩經》的上古音，不能像唐詩的中古音一樣標韻，因為研究上古音是一種專門的學問，到現在上古音還不能整理得一清二楚，所以《詩經》還無法有正確的標韻。如果仍像清儒般用中古音為《詩經》標韻，則仍是不準確的。

總之，糜氏伉儷撰寫的《詩經》研究，是科學方法的產品。而《詩經》欣賞，則是一種綜合的藝術，須有多方面的才能與經驗。撰寫時偶未兼顧周至，或不免有畝輕畝重之偏。我提出的意見只是求全的責備，不足為病。他倆合譯《泰戈爾詩集》，前後費時十年。現在《詩經欣賞與研究》初續兩集，已花了他倆七年的時間。這次《續集》的成功，我們應該為他倆也為學術界慶賀。我還要預祝他倆繼續撰寫三集、四集，完成全部三百零五篇的欣賞與研究，那將是學術界更好的消息了。

民國五十八年八月二十日於臺北

琦君說童年

琦　君／著

每個人都有童年，不管是苦是樂，回憶起來都是甜美的。善於說故事的琦君，與您一起分享她魂牽夢縈的故鄉與童年。書中有她家鄉的人物、生活和風光，也有好聽的神話和歷史故事。篇篇真摯感人，字裡行間充滿了愛心與情義，在欣賞琦君的散文之餘，更別有一番溫馨感受。

讀書與生活

琦　君／著

本書分為兩輯，上輯為讀書隨筆，為琦君對文學經典的所思所感，帶領讀者優游於浩瀚書海中，開啟讀者更多元多樣的觀點；下輯為生活雜感，從愛貓至愛子，從旅遊趣事到故鄉情思，在琦君筆下如重拾一本舊相簿，溫柔輕緩地訴說那些歲月與單純美好的回憶。

琦君小品

琦　君／著

琦君的作品向以溫暖敦厚著稱，這本小品文集，內容包含了她各式各樣的創作形式：清新流暢的散文，精緻細膩的「小小說」，情韻兼備的填詞創作、讀書與寫作經驗談。就像品嘗一碟爽口的小菜，帶給您清淡恬雅的心靈享受。

紅樓夢與中國舊家庭

薩孟武／著

當賈府恣意揮霍、繁華落盡之後，在前方等待的又是什麼呢？究竟是誰的情意流竄在《紅樓夢》的字裡行間呢？薩孟武先生以社會文化研究的角度，徵引多方史料，帶領讀者清晰認識舊時代下從賈府反映出來的那些事。

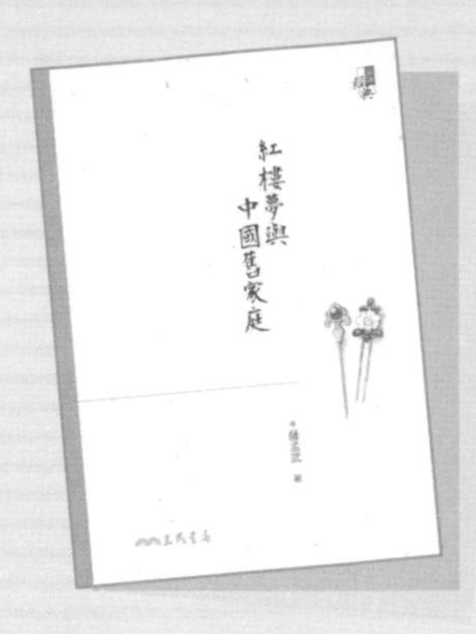

三民網路書店 會員

通關密碼：A6286

獨享好康
大放送

憑通關密碼

登入就送100元e-coupon。
(使用方式請參閱三民網路書店之公告)

生日快樂

生日當月送購書禮金200元。
(使用方式請參閱三民網路書店之公告)

好康多多

購書享3%～5%紅利積點。
消費滿350元超商取書免運費。
電子報通知優惠及新書訊息。

書種最齊全
服務最迅速

超過百萬種繁、簡體書、原文書5折起

三民網路書店 www.sanmin.com.tw